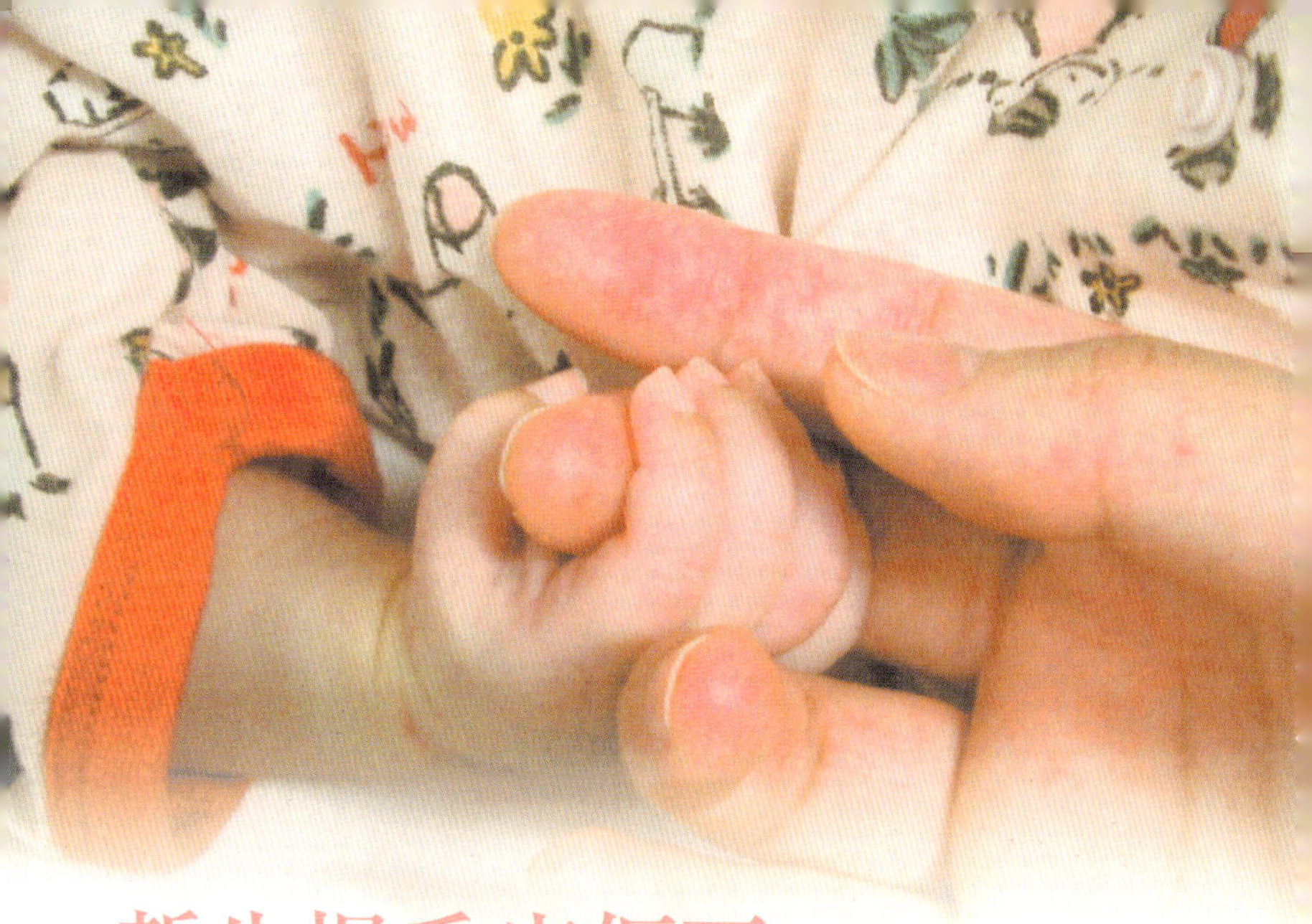

新生児重症仮死

それでも我が子は百十三日生き抜いた

蓮月嬰女
Rengetsu Eijo

文芸社

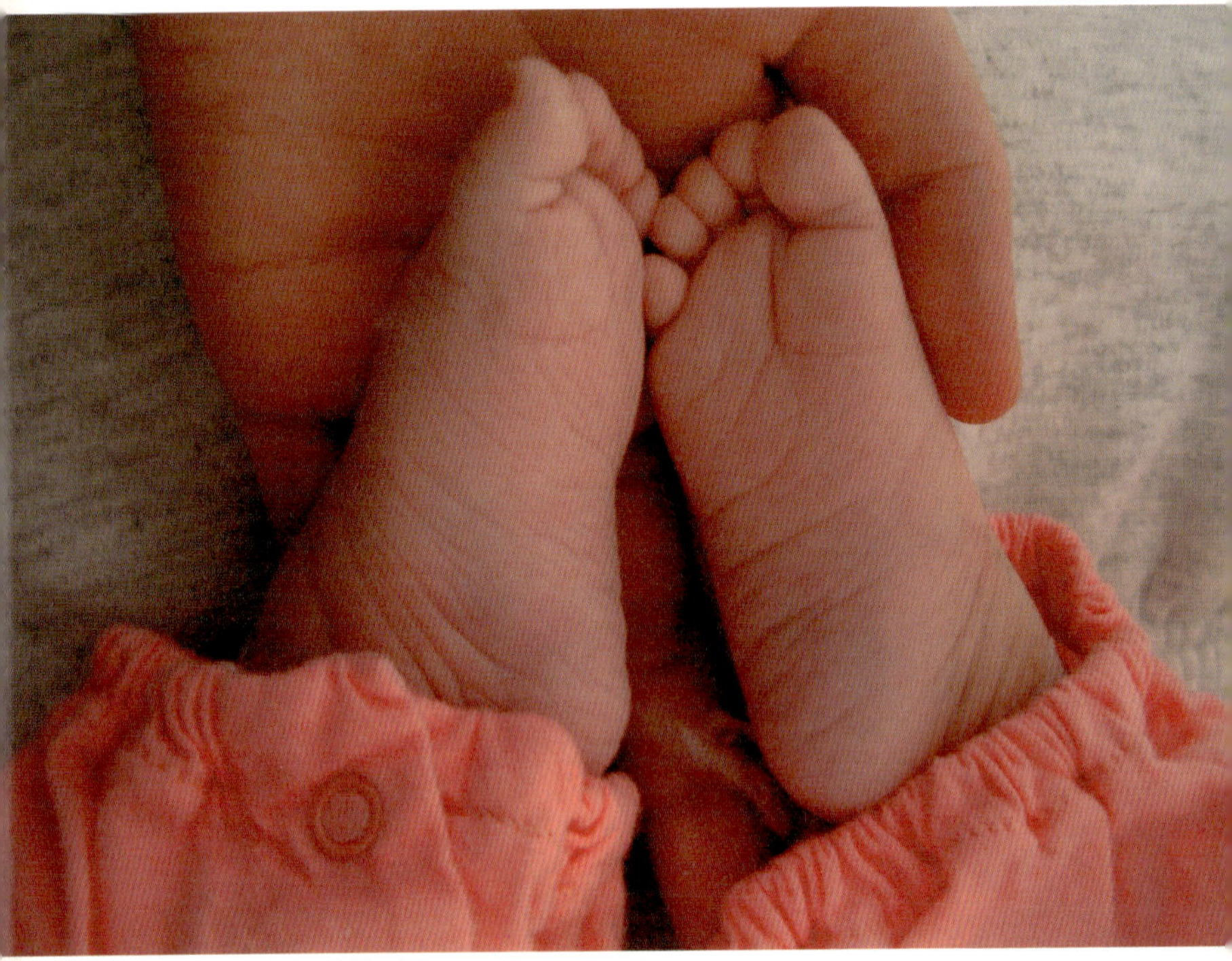

お母さんの手と姿月の足

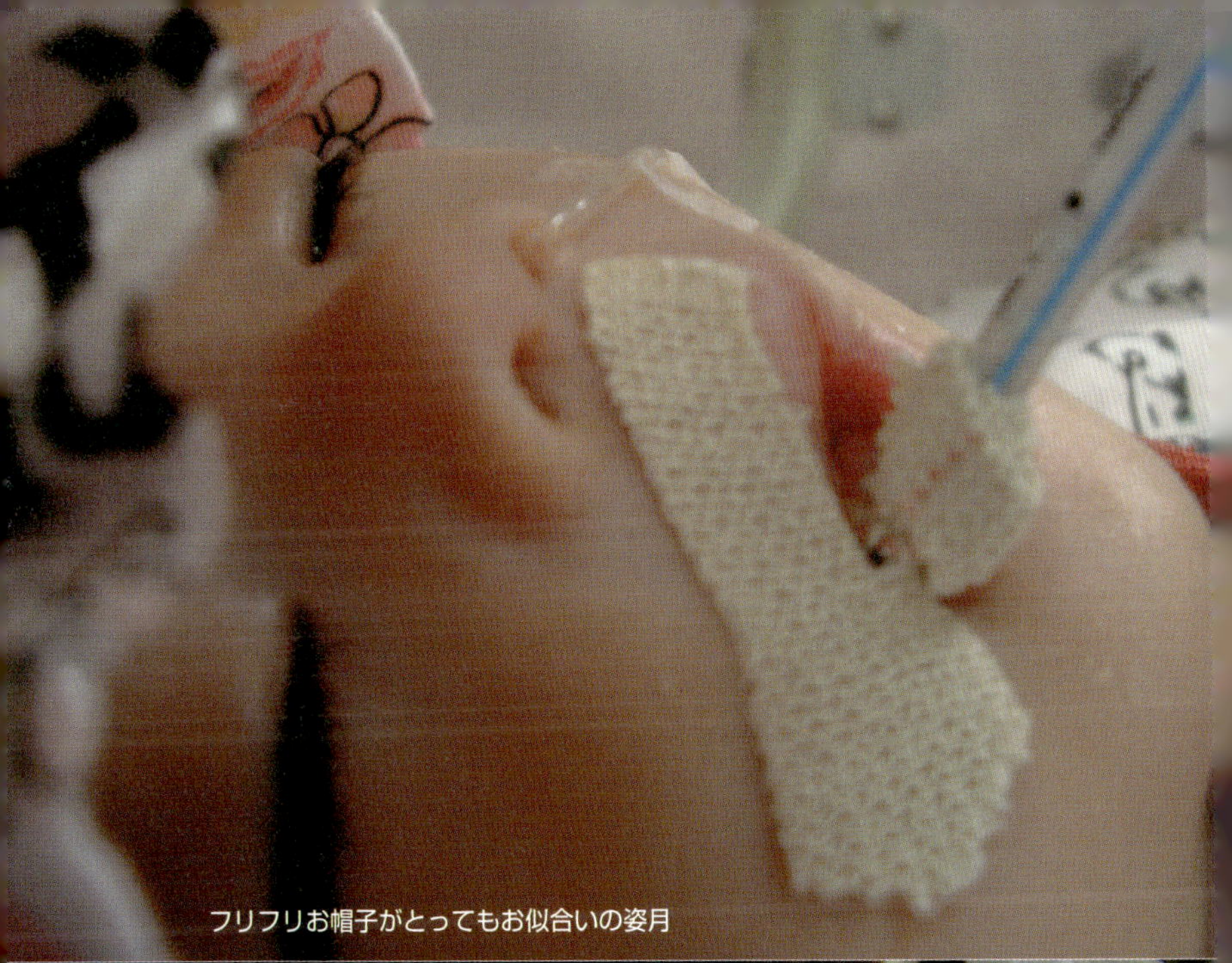
フリフリお帽子がとってもお似合いの姿月

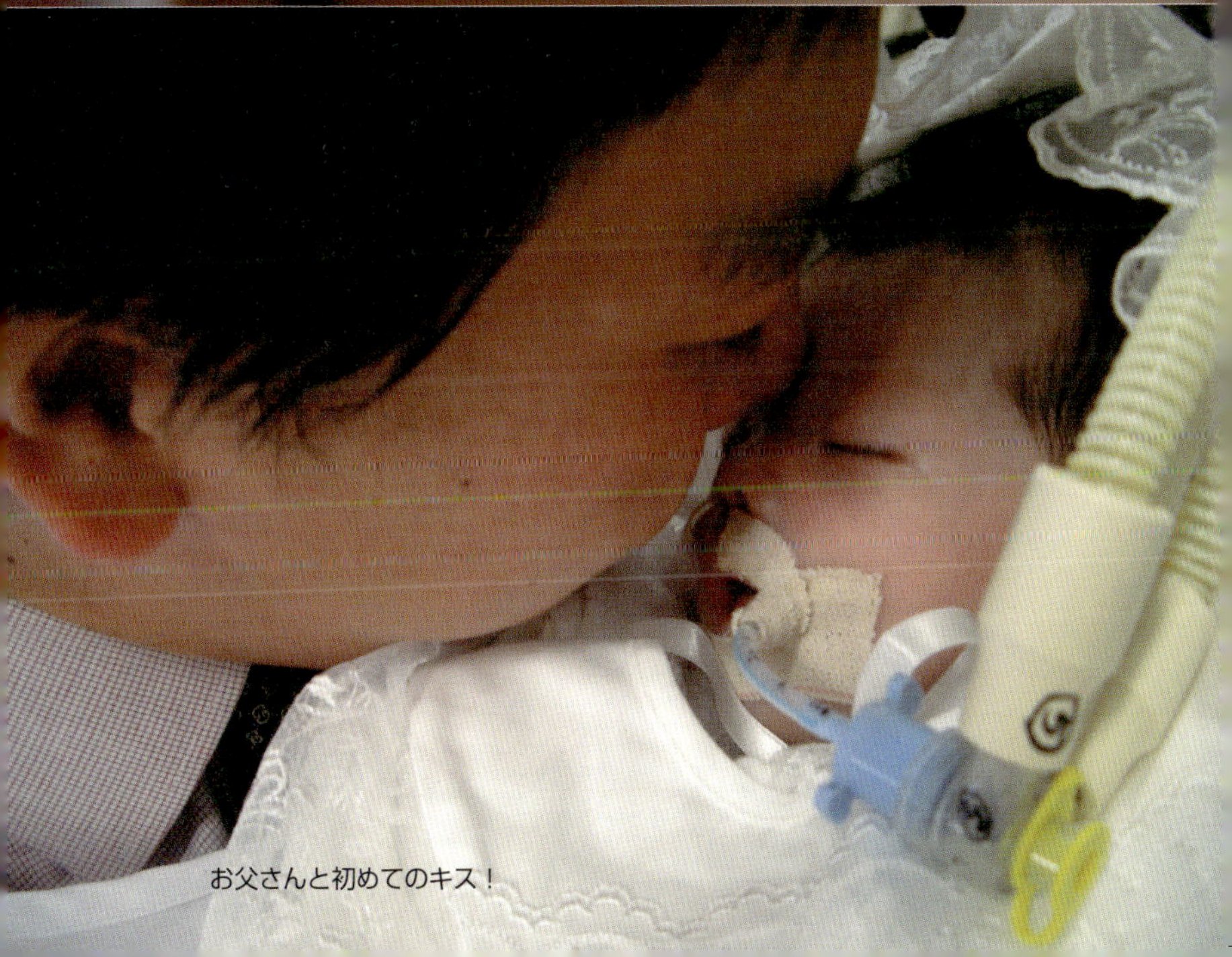
お父さんと初めてのキス！

どうしたの？　姿月、悲しいの？　嬉しいの？　お母さんここにいるよ

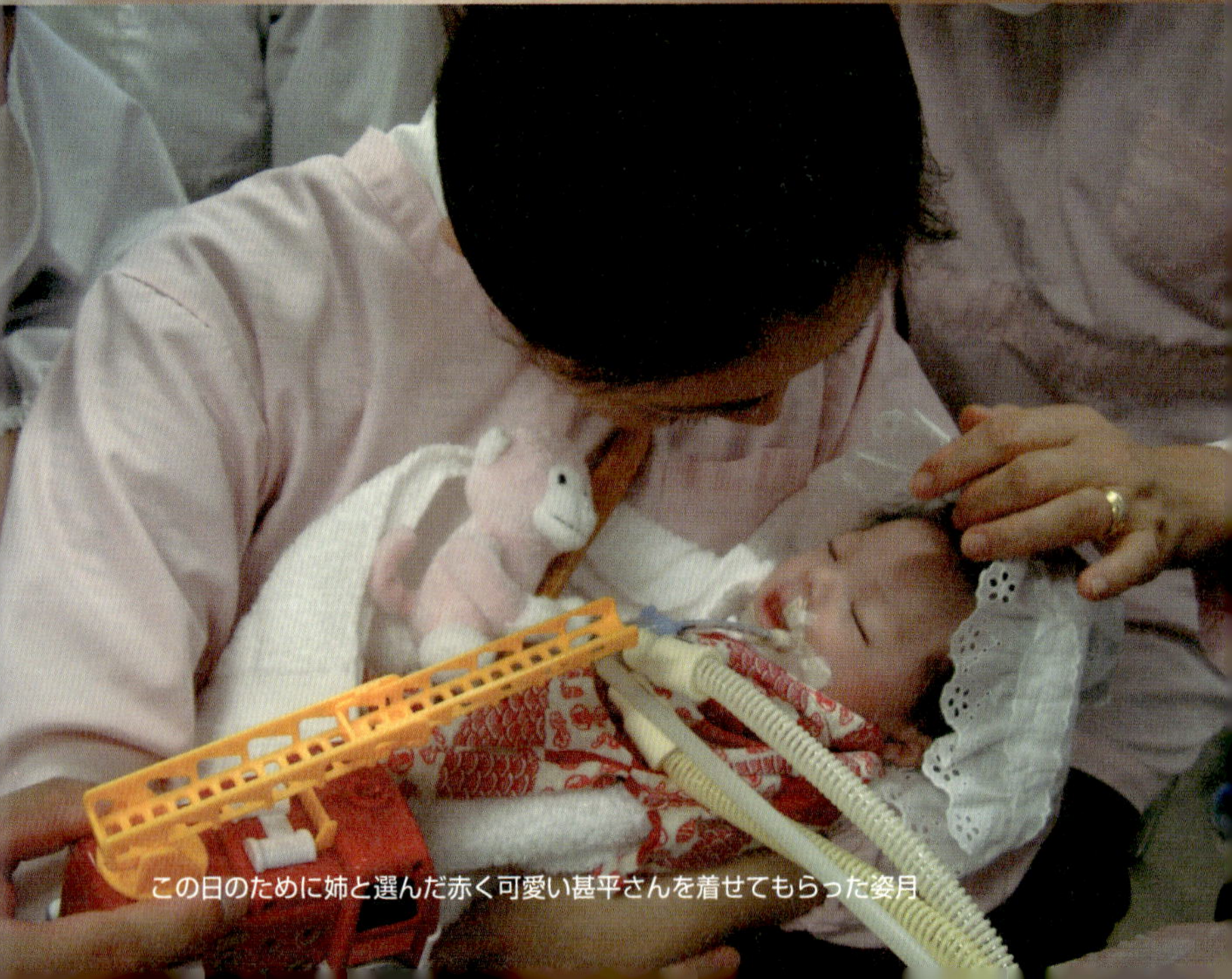

この日のために姉と選んだ赤く可愛い甚平さんを着せてもらった姿月

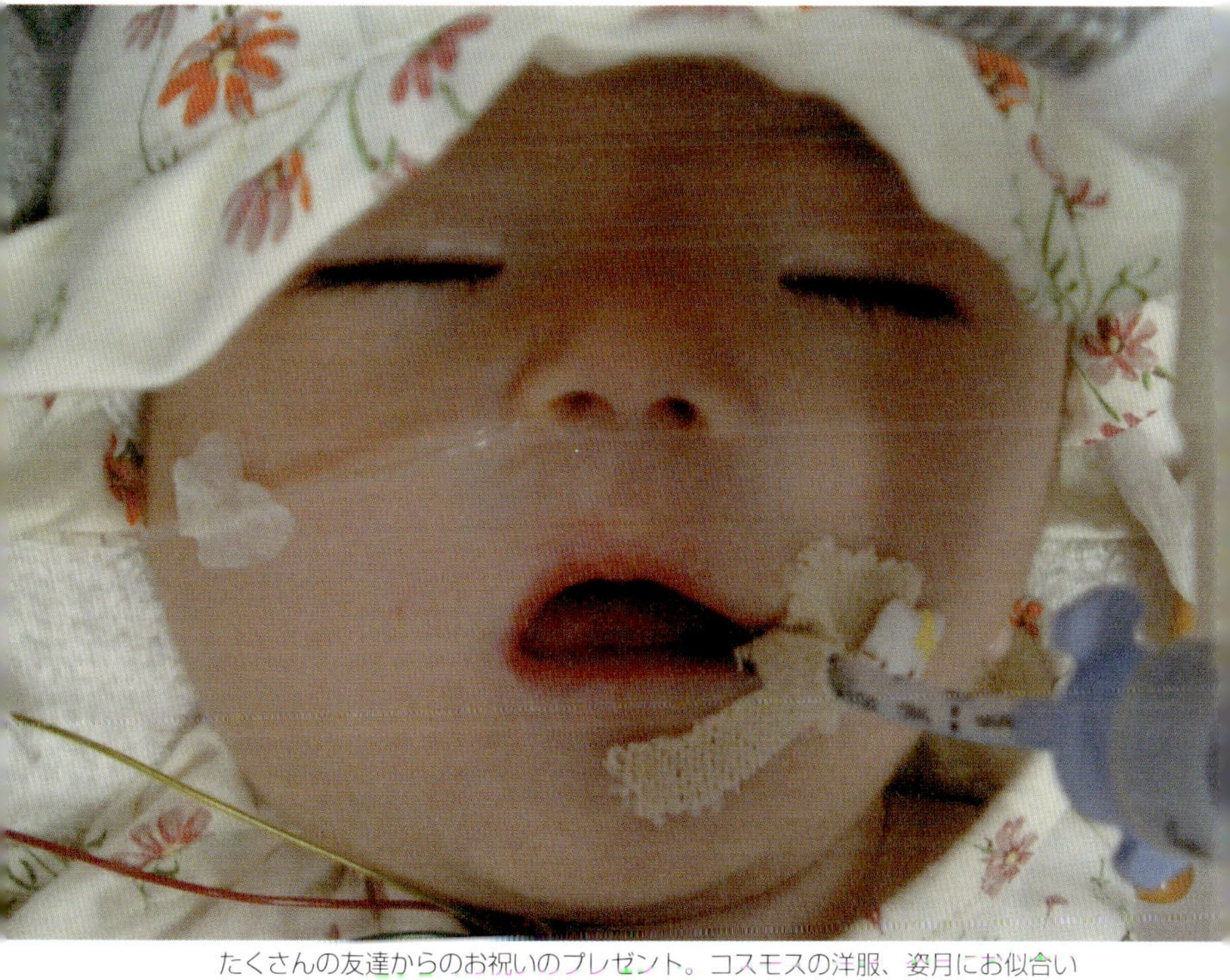

たくさんの友達からのお祝いのプレゼント。コスモスの洋服、姿月にお似合いだよ。みんな、ありがとう

ただこの夕日を親子３人で見ていました

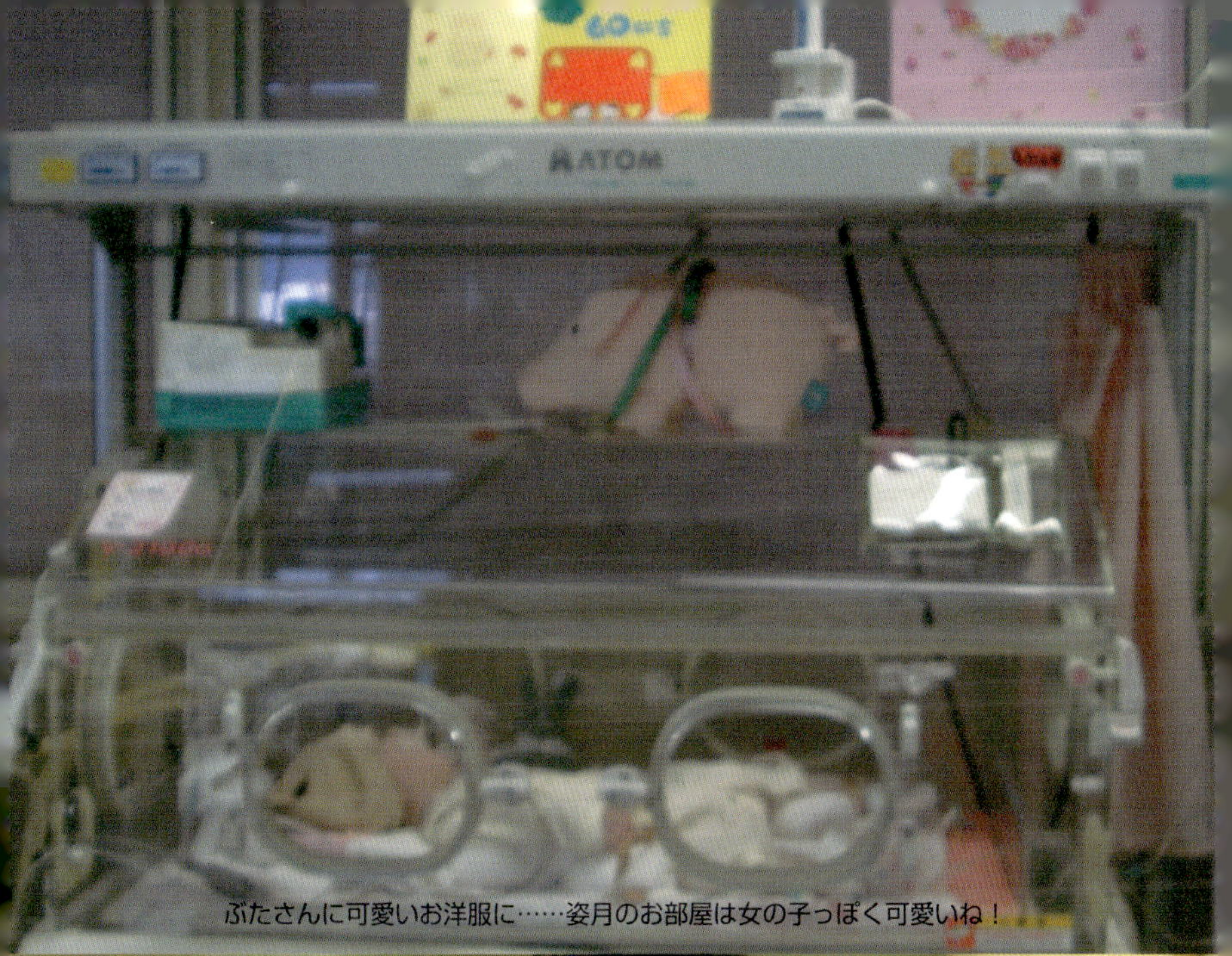

ぶたさんに可愛いお洋服に……姿月のお部屋は女の子っぽく可愛いね！

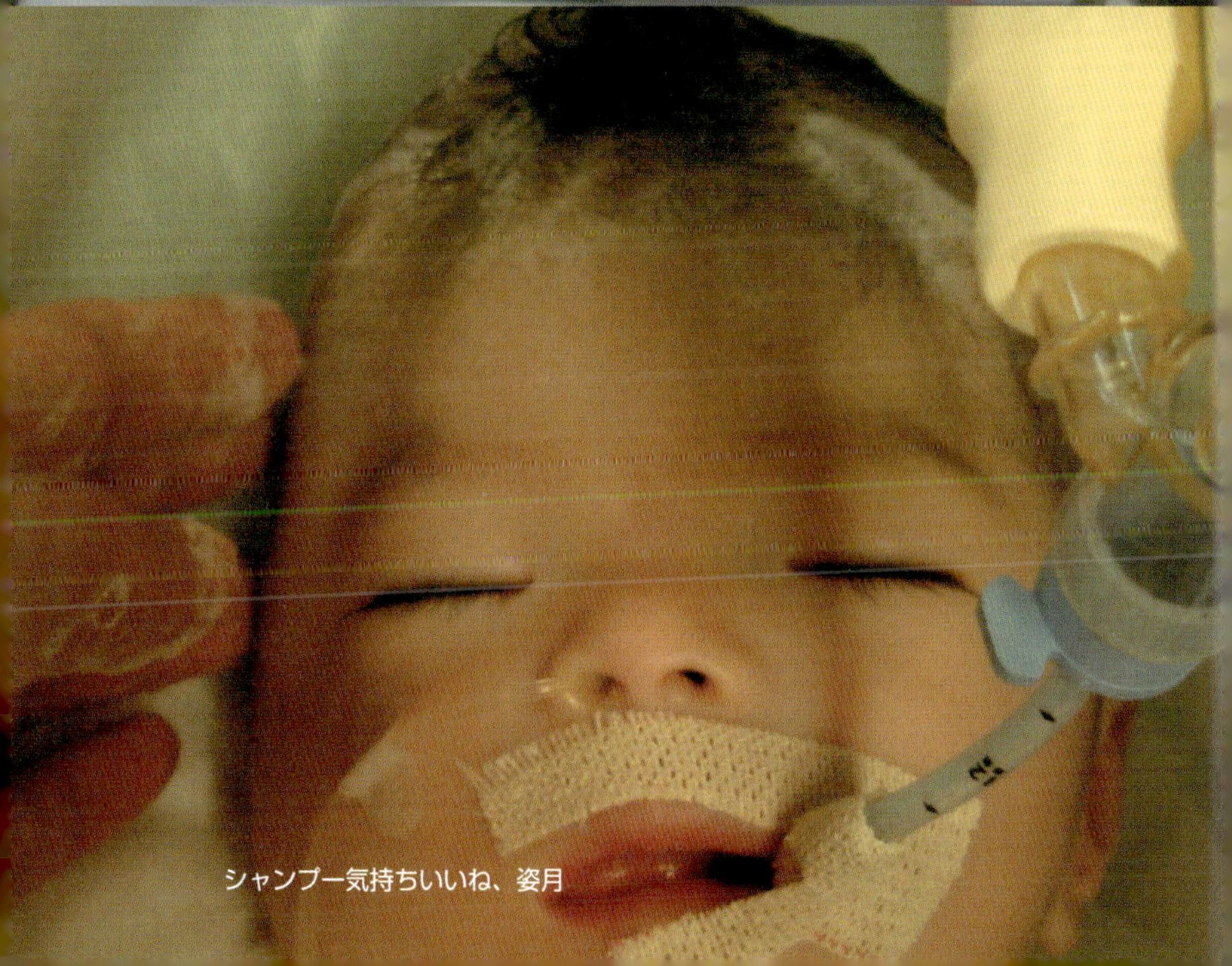

シャンプー気持ちいいね、姿月

お父さんとお母さんが初めてデートした海で、たくさんお話ししたね。姿月と来られて嬉しいよ。「姿月、この日、このときをありがとう」

友達が書いてくれたイラストです。「しぃちゃん　またね」

新生児重症仮死

〜それでも我が子は百十三日生き抜いた〜

甘かった自分への後悔……

私は、出産を甘く見ていたことを後悔しました。どんなに辛くても無事に生まれてくるものだと思っていたのです。

「○月○日、無事に女の子を出産しました～」

というメールも作っていました。友達みんなに送ろうと思っていました……。なぜ、私が……。

母子ともに健康でなんの問題もありませんでした。難産ではあったかもしれないけれど無事に我が子と笑顔で対面できていただろうに……。この手で我が子を抱きしめられていたのに……。

妊娠から悲しみの出産……

二〇〇三年九月十一日に妊娠を告げられました。たった5ミリの私の赤ちゃん。産婦人科の前で泣いてしまいました。結婚して間もない時期での妊娠ではあったけれど、子供の好きな私たち夫婦は待ち望んでいた小さな命に感動しました。

それから、安定期に入るまでの時期はつわりで辛いものでした。小さな命が、私は元気ですよ！　と言わんばかりにつわりは酷かったです。体重も五キロ減りました。エコーを見ては、ぴくぴく元気に動く心臓が愛らしいと、私はいつも自然に笑顔になっていました。心音もものすごく力強くて、なんの心配もありませんでした。十九週くらいからは、ぼこぼこと胎動を感じ始めました。可愛くて仕方ありませんでした。幸せ一直線でした。

病院で撮ってもらえる検診エコーのビデオには、夫が考えに考え抜いたラベルを貼りました。そのラベル名は「健康な子を授かりますように」というものでした。写真は、安定期に入ったとき、温泉に行った際のものを使ったのですが、見事なでき栄えでした。そのビデオは繰り返し繰り返し自宅で見ました。

「これが目で、これが口で、かわいい丸顔の赤ちゃん。なんて元気に動くんや（笑）」

と、二人ともテレビにかじりついていたものです。

「子供は親を選んで生まれてくる！」

とテレビで言っていた言葉が心に残りました。妊娠二十八週の頃でした。私たちを選んでくれたということにすごく幸せを感じました。

私は、短大を卒業して医療事務として就職した病院を、勤続九年にて退職することに決めました。妊娠三十五週のときでした。もちろん出産育児のためでした。

職場では大変なこともあったけれど、何より夫とはこの病院で出会ったこともあり、私の妊娠は、職場のみんなから祝福されたし、ひやかされもしました。どの病院で出産しようか、悩みました。でも、職員の方々の薦めがあったこと、夫も働いていてすぐに来られること、私と同じように職員でこの病院を選び出産した友達からも母乳育児はいいよ！　という話を聞いたことなど、考えた末に、私は自分の勤めていた病院で出産することを決めたのでした。夫も家族も納得してくれました。

妊娠経過になんの問題もなく四十週を過ぎ、私の赤ちゃんは約三〇〇〇グラムと言われるほどにまで成長してくれていました。

予定日は二〇〇四年五月五日のこどもの日でした。この日から二日後、夜七時半くらいからお腹が変だなぁと思い不安になっていました。もしかして……。やはり、陣痛の始まりでした。けれども、ちゃんと痛くなった時間をメモする冷静さもありました。今くらいに連絡しておかないと病院にも迷惑がかかって駄目だからと、十一時頃に病院に電話しました。

電話に出てきたのは、当直の人で私も仲良くさせてもらっていた人でした。

「お疲れ様です。すみません……。陣痛が来たみたいで……。看護師さんどなたですか？　お願いします」

と言いました。そして、私が妊娠中いろいろ相談していた仲良しの看護師さんが電話に出ました。なんだかそれだけでほっとできました。状態を説明すると、

「大丈夫か？　大丈夫か？」

と優しい言葉をかけてもらいました。助産師さんからの連絡を待つようにという指示で電話を切ると、それからすぐに連絡が入りました。自分の勤めていた病院だったこともあり、病院に遠慮の気持ちがありました。私は、助産師さんの電話で

は、

「まだ大丈夫そうです」

そんなことを言っていたのです。すぐにでも入院したかったのに……。助産師さん

「我慢できなくなったらいつでも電話してきてね」

と言い、電話を切りました。

それから私はがんばりました。日も替わり五月八日になり一時二時……ついに限界になり電話をしました。助産師さんより、

「我慢できないの？　もう駄目か？」

と言われましたが、このときばかりは

「もう駄目です。病院に行きたいです」

と言いました。夫につき添われ病院まで急ぎました。

病院の前で、当直の人と看護師さんが私たちを待っていてくれました。夫は、「すみません」と頭を下げていました。看護師さんと話したせいか、病院へ来たという安心感からなのか、陣痛が少し弱まってきました。私の母も到着して、ものすごく安心できました。それからしばらくして、助産師さんが来ました。初めの言葉が

「どうしても我慢できない？　朝六時くらいに一旦家に帰ってもらうことになると思うよ」というものでした。私は、こんなに辛いのに家に帰らなければいけないのか？　このまま入院していたら駄目なんだろうか？　こんなに辛いのに……と悲しくなりました。

そう考えている間にも順調に陣痛の間隔は短くなってきて、それに伴い痛みも強くなってきて、八時四十一分に自然破水となりました。九時三十分には勤務していた夫も呼ばれ陣痛室に入りました。

母の「お昼の一時くらいには生まれるから！」という励ましの言葉と、友達から聞いた、破水してから六、七時間で生まれなかったら帝王切開だよ、という言葉が頭をよぎり、時間ばかりが気になっていました。確かお昼の三時を過ぎたくらいから陣痛も弱くなりだしました。体力もかなり限界に達してきていて、助産師さんの名前を呼びながら、

「○○さん、切って出して！　切って！　切って！」

と訴えていました。しかし、それに対しては

「もう少しだから」

という言葉が通り過ぎるだけで、夫にもなんの説明もなく時間だけがどんどん過ぎていったのです。どうして帝王切開にしてもらえなかったのか？　その医師、その病院のやり方があるだろうけれど、私たちは悔しく、納得できない気持ちでいっぱいでした。

私が辛い思いをしているときに、助産師さんと医師が二人でいなくなった時間帯がありました。視界に入る助産師さんだけが頼りなのに……私の目の前から消え、医師とどこかへ行ってしまったのです。何を話していたのか気になって仕方ありませんでした。戻ってきた二人に私は

「どうしたんですか⁉」

と叫びましたが、その呼びかけにもなんの説明もなく、ただ時間だけが過ぎていったのでした。

すでに私は、時間も気にかけられないくらいの状態になっていました。どうにかして、早く赤ちゃんと会いたい‼　その気持ちだけでがんばっていました。夫も励まし続けてくれていました。しかし……、最終手段の吸引分娩となりました。分娩台に乗った私はお腹を思いっきり何回も何回も押され続けました。そのときの私は

「こんなに押されたら赤ちゃん死んじゃう……もう駄目だ……」と思っていました。気力体力ともに私は限界でした。そのときには、赤ちゃんの心音も悪い状態でした。そういう状態で、可愛い我が子が生まれてきたのです。事前に知らされていたとおり、女の子でした。

生まれた瞬間、ほんの一瞬だけ、生まれたという嬉し涙が出ました。しかし、赤ちゃんは泣いてくれない……。おかしい、何が起きているの！　不安で頭が真っ白になりました。そして、肌の色の悪い、黒紫色の、産声も上げてくれない我が子を助産師さんは私の手元まで抱いてきました。きっと、触らせてあげようという気持ちからなのでしょうが……。私の手は血まみれになりました。

それから、今思うと悔んでも悔みきれない時間が過ぎていきました。我が子へのずさんな救急処置。処置に入るまでの時間も遅く、すでに五、六分は過ぎていました。

私たち夫婦が、どうしても許せないことは、陣痛開始から長時間の分娩に、途中「お腹を切ってほしい」という私の訴えに対して、なんの説明もなく分娩を続行させたこと。途中、帝王切開という手段は考えなかったのかという点。

吸引娩出後、病院はなんの救急体制も整えていませんでした。娩出後にやっと心電図モニターや酸素マスクなどを用意してきたものの、口腔内に異物があるのに、すぐに吸引できない。器具の使い方がわからない。挿管の失敗の連続。喉頭鏡のライトもつかず、日頃の点検もまったくなされていませんでした。また、その後の処置もずさんだったという点。

そのような状態で時間だけは過ぎていったのでした。可愛い我が子の脳に酸素があげられなかった時間は確実に三十分を超えていたのです……。情けない……。

「どうして助産師さんしか動いてくれないの!! なんでみんな突っ立って見ているだけなの！」

……。医師は、何もできていなかった……。どうして、「A病院へ連絡して！」と医師が指示されているのか。どうして、挿管のやり方がわからないのか？ どうして、搬送時に使う酸素ボンベを病棟から借りてこなければならないのか。どうして、救急処置をしていた助産師さんが救急車に乗って搬送しなかったのか。どうして、プロであるはずの医師が青ざめているのか？ どうして……どうして……という信じられない状況ばかりだったのです。

そして、その一部始終を私は極度に緊張した精神状態の中で見ていました。カーテン一枚を引くこともない状態で……。精神面のケアもまったくなかったために、一生忘れることのできない、辛く悔しい時間となってしまいました。

しかし、このときの悔しい思いは、夫が一番強く感じていると言えるでしょう。なぜなら夫は、前職が消防士だったので、訓練に訓練を重ねた上での救急の技術、プロの意識があったからです。私は夫が歯がゆかったと歯を食いしばりながら言っていた顔が忘れられません。

そんな思いもいっぱいありながら、酸素ボンベを持って救急車に乗り我が子についてA病院まで搬送したのです。夫が酸素ボンベを持ち、看護師一人つき添うことなく、医師二人とともに我が子を搬送したのです。そして、搬送先のA病院の小児科の先生より説明を受けたのです。夫は説明を聞き……。私になんと説明しようか……。呆然とし、夫として、父親として……頭をかかえてしまったようでした。

我が子が救急車で搬送されたあと、分娩台に残された私は足を開いた恥ずかしい姿勢のままバスタオルだけ足にかけられ、医師が戻ってくるまで待っていました。軽く一時間は過ぎていました。助産師さんからは、

「悲しかったら泣いていいよ」

と一言、言われました。けれども涙も出ませんでした。そのすぐあと、

「何かあったら言って。先生が戻ってきたらおしも縫うから」

と分娩室をあとにされました。

横には母がつき添い、私の手を握りただ頭をなでてくれていました。分娩室の外にいた父、義母、姉が、いても立ってもいられず私の様子を遠目に見にきたこと、そして看護師さんは誰一人おらず、ガチャガチャとあと片づけの音がしたことだけは覚えています。

そして、夜の九時頃に帰ってきた医師に、私はとっさに聞きました。「どうですか？」と。医師から返ってきた答えは、

「悪い状況で、酸素が脳に行ってなかった時間があったから、もし助かっても脳に後遺症が残り……」

というものでした。私は、今まで出てこなかった涙が一気にあふれ出し、涙が止まりませんでした。信じたくない、信じられない気持ちでいっぱいでした。さっきまで、元気に心音が聞こえていたのに！　どうして……と悔しくて悲しくて……。おしもの処置が終わって少ししてから、医師が、

「……へその緒が普通の子よりも細く首に巻いていて……」

と私に説明しにきました。自分を守ろうという気持ちにしか思えないその言い分。本当に信じられませんでした。私は、今すぐに、生まれてきた我が子のもとに行きたいと伝えましたした。ふらふらになりながら、母につき添われ病室へ入りました。

夜遅く、夫が病室に来ました。

「大丈夫か？」

と声にならない声で私を励ましてくれました。そして夫は、私が我が子の状況を医師からすべて聞かされたことを知ったのです。夫はすごく悲しい顔をしていました。母の見守る中、夫と二人、大粒の涙を流し、声を出さずに泣きました。泣いても泣いても涙が枯れることはありませんでした。私は悔しかった。悲しかった。自分の勤めていた病院で、信頼していたのに……。熱が高い私に母は、

「部屋暑いか？　大丈夫か？」

と一晩中気遣ってくれました。母の優しさがあったから、私は一晩その部屋で過ごせました。次の日、私は髪を整え顔を洗い我が子に会いに行きました。

十八時間ぶりの涙の対面

5月9日（日）

五月九日、日曜日の昼の十二時頃、私は夫の車で医師は私とは別の車で、一睡もできないままの状態で我が子のいるA病院へ会いに行きました。

我が子のいる病棟はベビーセンターという名前でした。マスクをつけ、手を洗い、予防着を着て中に入りました。入ってすぐの部屋で、我が子の主治医和田先生から容態を聞かされました。

「お父さんにはある程度は伝えましたが、お母さんにそのままお伝えしていいですか？」

と確認をしていただき、私は、

「お願いします」

と頭を下げ、話は始まりました。

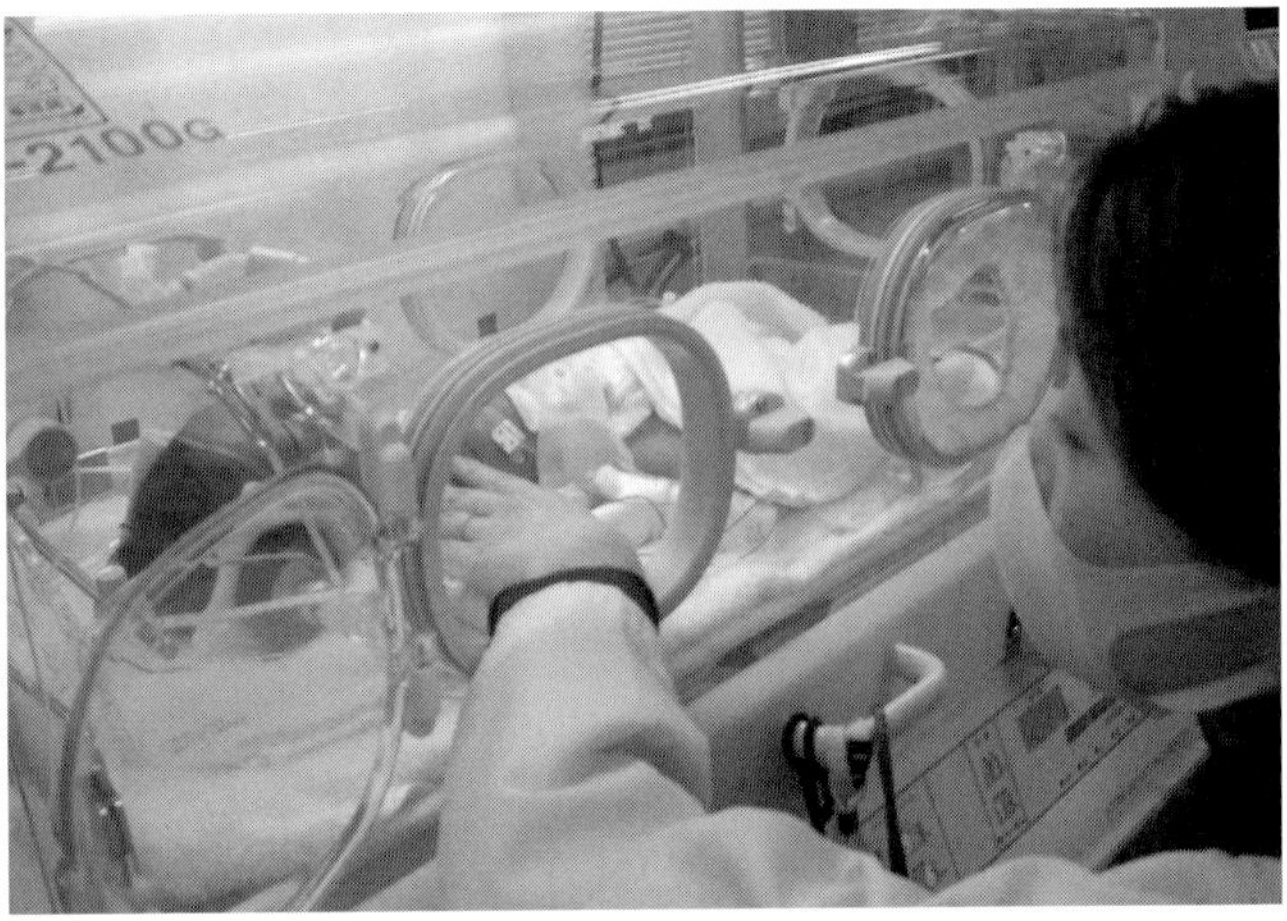

18時間後の親子の対面。時間だけが静かに過ぎました

正直言ってそのとき、和田先生の目を見て話を聞いていた覚えはあるのですが、あれだけ長い時間、何を聞いていたのかは……はっきり覚えていないのです。ただ「新生児重症仮死」であることは理解できました。つけていたマスクが涙と鼻水でグショグショになったのは確かです。そんな状態の私に先生は、

「お母さん大丈夫ですか？」

と頻繁に声をかけてくださいました。

そして、搬送されてから、十八時間ぶりの我が子との対面となりました。先生から、

「お母さん、人工呼吸器や点滴の管がついていて、少し痛々しいと思われるかもしれ

ませんが……」

と気遣いの言葉をいただきました。そして、我が子を見ました。可愛い。良かった……。という思いでした。その日の私の日記を見返してみると、「顔が見られて幸せです。愛らしく可愛くてたまりません」と書いてありました。生まれてからこのベビーセンターに搬送されるまで、血まみれで肌の色の悪い我が子は何もしてもらえなかった。けれどここでは辛い思いをさせていた状態から一転していました。肌の色もよく人間らしい色、皮膚も綺麗で艶々していて、いろいろとついている管などもちゃんと処置してもらっているという証明に思えました。

私は、

「写真撮ってもいいですか？」

と聞いてみました。デジカメは本当は駄目だったのですが、

「今回だけは先生いいですよね。お母さんいいですよ」

優しい声で看護師さんに言っていただきました。私は写真を趣味としていて、撮るのが大好きでした。持参していたデジカメで我が子を撮りました。どうして……。という思い、悔しさが込み上げてきました。そして、泣き崩れてしまいました。

そのまま私は産科病棟に入院となりました。私の病名は「産褥後うつ状態」とつけられました。看護師さんからは、私が医療事務をしていたこともあってか、こんな説明を受けました。

「ご存じかと思うんだけど、薬を使うのに病名が必要だから今こんな病名がついているけど、眠れないときに眠剤を出せるようにだからね（笑）。眠れないときには言ってね」

ということでした。私は理解し、その病名を受け入れました。

夫は、私についていてくれました。二人で泣きました。抱き合ってお互いを励ますように泣きました。可能性は一パーセントあるんだから大丈夫！　そうなると念じ信じていれば、きっとそのとおりになる。「想念は具象化す」この言葉を、夫婦で念じ、祈りました。

そして、考えていた我が子の名前を決めました。顔を見て決めようと当初から二つ名前の候補があったのです。気持ちは同じでした。その日の夜の面会のときに、その名前を伝えました。その名前は『姿月（しづき）』。保育器についている名札の、名字の後ろの空白だった箇所に、姿月と書き込まれました。看護師さんからは、

「お名前決まったの早いですね。決めていたの？」

と言われました。

私は、「お腹にいたときから、しぃちゃん！　って話しかけていたんです」と話しました。それからは、看護師さんからも「しぃちゃん」と話しかけてもらえるようになりました。

看護師さんとの会話の中で忘れられない言葉をいただきました。それは「しぃちゃん、お父さんとお母さんにもらった初めての最高のプレゼント、素敵なお名前もらえたねぇ。いいねぇ。良かったねぇ」

というものでした。考えに考え抜いた我が子の名前を、最高のプレゼントと言っていただいた。その言葉に感謝の気持ちでいっぱいでした。そして、しばらくしてからの面会で和田先生より名前の由来について質問を受けました。先生がなぜ聞いてこられたかと言うと、和田先生が、同じ小児科で姿月もお世話になっている別の先生から「宝塚出身の姿月という人からとったのかな。主治医だから名前の由来くらい知ってるでしょう（笑）」

と聞かれたからとのことでした。先生や看護師さんに説明した『姿月』の名前の由来、名前に込めた二人の思いは、次の通りです。
「太陽の光ほど強くはないが、月の光のように優しい光でもいいから人々の心を照らすような人間になってほしい」という夫の思い、「満月、半月、三日月、雲で隠れていて見えない月、世界中の人々がその月の姿を見ている。そして心を癒されている。そんな月の姿のような人を癒せる人間になってほしい」という私の思い。これらの意味をいっぱい詰め込んで決めたのが『姿月』という名前でした。その後、皆さんが口を揃えて
「しぃちゃん、いい名前だねぇ。良かったねぇ」
と言ってくれました。心なしか姿月も喜んでいるように見えました。

体重がわかった

5月10日（月）
雨
2918グラム

辛い出会い、この手で抱くこと、おっぱいをあげることができない対面になってしまい、悲しみでいっぱいでした。けれども、みんなが支えになってくれ、A病院で姿月に会うことができました。可愛くて可愛くて。我が血を分けた分身がこれほどに愛らしいのか……。産声も上げることができず、生まれてきてすぐに辛い思いばかりさせてしまった……二九一八グラムの姿月。私があの病院で出産をすると決めなければ、私が決めなければ……と自分を責め続けました。

五月九日の夜中、和田先生よりベビーセンターに来てほしいと連絡があり向かいました。二、三日が山……そう言われたことが頭によぎり、怖くなり震えました。やはり状態が悪くなっていて、尿の出も悪いので、薬を使用していいか？　という同意書にサインをしてほしいということでした。厳密に言えば使用していいか？　という状況ではなく、使用しますね、という事態でした。

姿月のお母さんになって感じました。生きているということのありがたさや、当たり前ではないということ、一つひとつの命は素晴らしいものであるということ！　姿月は小さい体でゆっくりとがんばってくれています。ゆっくりでいいから元気になってください。

家族の愛

入院してからの毎日、夫、母、姉が交代で私の傍にいてくれました。本当に心強かった。一人ではいられませんでした。お昼には父、義母も来てくれました。たっぷりの愛情で私は支えられていました。そして、姉の夫、義兄がお守りを持ってきてくれました。嬉しかった。その日の面会時、早速ベビーセンターに持っていき、保育器の上に置かせてもらいました。赤いお守りだったので、姿月の瞳にもしっかり見えていたに違いありません。私は、たくさんの愛情に支えられ立っていられたのです。

母が私の気を紛らわそうとしているのが、痛いほどわかりました。私を気遣い、傍にいてくれました。母からは
「がんばらなくていいよ、もう。泣きたいだけ泣いていいよ」

と何度も言われました。私は、泣きました。たくさん、たくさん泣きました。母の悔しい気持ちも顔に出ていました。だから私は、母の顔を正面からは見られませんでした。父は、病室に入ってきて一言、

「ちゃんと食べなあかんぞ。うん、大丈夫や」

とうなずき、すぐ部屋を出ていってしまいました。そして、部屋の近くにある椅子でずっと外を見ていました。父の気持ちも涙が出るくらいわかりました。そして、初めて父から手紙をもらいました。父の愛情のこもった字で、

「元気を出して食べる。がんばれ。またいいことがある」

と書いてありました。私は、母の胸で号泣しました。何も言えなかった……母はそんな私をずっと抱きしめてくれていました。

父と母が私の出産した病院へ意見するため、足を運んでくれました。病院からは連絡がなかったので、父と母から出向いたのです。母は一生懸命に私のために喋りまし

た。父も喋りました。怒鳴りました。訴えました。病院は、まったく状況を把握していませんでした。土日のできごとだったからだという理由で……。父も母も、こんな大変なときに、初めての孫で楽しみにしていたときに、気丈にふるまい私のために疲れて一生懸命に動いてくれたのです。人がどう思おうが、私はこの親のもとに生まれて良かったと感謝しました。私のためにここまでしてくれる。心からありがとうという気持ちでいっぱいでした。病院の人の顔を見るのも嫌だろうし、足を運ぶのも気が重いだろうし、そんな中、私のために「本当にありがとうございました」。私も、姿月に「ありがとう」って言われるような親になりたい。お父さん、お母さん、あなたたちのような素敵で、すごい親になりたい。

痛いっ、おっぱい痛いっ……

5月11日（火）
雨
3066グラム

姿月、今日ね、朝お母さんのおっぱいがカンカンになっていたの。なんとも言えず悲しくて切なくて涙が止まらなかったよ。声を出して泣いちゃったよ。おっぱいあげられない……あげたいよ……姿月のためのおっぱいなのに……母乳で育てようって食事もちゃんと気にしていたし最高の母乳だよ。悔しい悔しい。涙が止まらない……。

「おっぱい止める薬出そうか？」

説明を受けていた夫が優しく伝えてくれました。止めたくなかった……。だからね、看護師さんたちにお母さんの気持ちを聞いてもらったの。そして、決めたよ。姿月がいつか体の中でお母さんのおっぱいを役立ててくれることを願って、おっぱい出すことに決めたからね。絞り方もちゃんと聞いてしっかりがんばるからね。

今日は、痰もよく出ていたようで顔色も良かった。ホッ。おじいちゃんおばあちゃん、ひいじいちゃんひいばあちゃんも可愛いって言っていたよ。姿月、がんばって自分で息できるようになるといいね。ゆっくりと、ゆっくりとでいいよ。

テレビに映る赤ちゃんや病院で目にする赤ちゃん、その子たちにはなんの罪もないけれど、元気すぎるその動きが、その声が憎らしい……。憎らしい……。久々につけて見たテレビだったけど、つけるのが嫌になってしまいました。テレビカードを買ってきてくれた母に怒鳴っている私……、こんな自分が嫌でたまりませんでした。

5月12日（水）
晴れ
3052グラム

ずっとずっと姿月の傍にいたいよ……

夫が姿月へ、今の思いを手紙に書きました。

私たち夫婦に授かった子　姿月ちゃんへ

五月八日、真夜中の午前三時に母さんは陣発により病院に入院したんだ。本格的な陣痛が始まり、君は僕たちに会いたいと思ったのかい。君はがんばり、長いお産に疲れたのか……、産声を上げることなく僕たちの子として生まれてきたね。辛かったろう。でも、嬉しかったぞ。僕たちの大切な子だからな。君は、僕たちの子として生まれてきて、幸せかい？　……。君は、僕たちの子として生まれてきて、幸せかい？　……。

この世に生まれてきてからも、辛かったろう。父さん、ただ、涙を流して姿月の手を握りしめてただけだったもんな。なんにもできなくて、ごめんな。こんな父さんを許してくれるかい。こんな父さんを許してくれるかい？

……生まれてから三十分の間、なかなか呼吸できなかっただろう。助産師さん、一生懸命がんばってくれていたけど気が動転してなかなか姿月に酸素あげられなかった……。その後、内科の先生や各階二人の看護師さんが応援に駆けつけてくれたけど、なかなか酸素あげられなかった……。ごめん……。

救急隊の隊員方が、その後、駆けつけてくれたよ。君は、勤務中の職員に見送られ、三人の救急隊員と先生二人、そして、父さんと初めて救急車に乗って、生きる喜びと……、僕たちに出会うためにA病院へ、赤いライトとサイレンの鳴り響く音とともに命のたすきを託しに行ったよ。午後七時四十分頃、病院に着いて、父さん、必死に姿月の酸素ボンベを持ちながら四階病棟のベビーセンターまでたどり着いたよ。先生たちの申し送りを和田先生に告げたあと、父さん、外で姿月が戻ってくるのを待っていたよ。

母さんの姉さんが駆けつけてきてくれ、二人、無言の時間を一時間あまり過ごした。その間、父さん、ただ祈る想いと、代われるものなら代わってやりたいと願う想いでパンクしそうだったよ。いろんな想いがとめどなく交差し、父さん、落ち着きなく、職場の主任に姿月の状態と今後の勤務について電話で話し合ったりと……。

担当の看護師さんに、まだ一時間は時間がかかると言われ、父さん、白衣を着替えに、母さんの姉さんに一度、病院まで送ってもらい、おばあちゃんに外まで車の鍵を持ってきてもらい、再び姿月のもとへ向かった。病院に戻ったとき、父さん、職員の誰とも会いたくなかった。母さんのことが心配でたまらなかったけど、職員の誰とも会いたくなかった。誰とも会いたくなかった。がんばれ……。

初めての姿月の背中

5月13日（木）
すごい雨
3020グラム

今朝、看護師さんに、

「しぃちゃん、夜お利口さんやったよ」

って言われました。なんだか嬉しかったです。偉かったね。偉かったね。姿月のケア計画表というのがあり、今日そこには、

「夜中ちょっと血圧が低めで心配しました。でも朝には復活しましたよ。それからは体温も血圧なども安定していますよ。全身の色もピンクピンクしています。体の腫れ

も引いてすっきりです。お父さんお母さん、手や足、そっと背中もさすってあげてください。床ずれ防止にもなりますが、何よりもスキンシップです」

と担当の看護師さんからのメッセージが書かれていました。私たちは姿月の体を思う存分触ることができました。柔らかな背中でした。温かかった〜。嬉しかったです。

【長女「姿月」】の文字の喜び

5月14日（金）
2916グラム

お父さんが姿月の出生届を出しに行ってくれましたよ。お父さんに感謝やねぇ。お父さんもすごく辛いのに……お母さんの体調も気遣ってくれるんだ。ありがとうだね。姿月も今日がんばっていたね。背中のむくみもとれて可愛い背中に戻ったね。お母さん姿月を見ていると幸せだな〜。

笑いの大切さ

5月15日（土）
2932グラム

今日、夫が鉄拳の『こんな○○は××だ！』という本を買ってきてくれました。初めは読む気持ちにもなれなかったけど、最近笑ってないから「人間笑いが必要だ!!」と説得され少し読んでみました。笑顔が出ました。鉄拳はすごいかも（笑）。夫の優しさをいっぱい感じました。がんばらないと！　明日は、自分で決めた退院の日です。

退院を機に夫に手紙を書きました。

今すごく辛いです。どうして……何も悪いことしてないのに……とか考えます。しかし、私には姿月と私のためにがんばってくれているあなたがいます。

その姿を見ているとがんばらないと！　という気持ちが湧いてきます。姿月を産むとき、本当に死んじゃうのでは？　というくらい痛くて辛くて、そんなときにもずっと励まし続けてくれました。改めて、ありがとう。姿月のことでも父親として辛い中、いっぱい動いてくれてありがとう。

私は明日退院することにします。気持ち的には不安なことだらけですが、夫婦で話し合いながら、ゆっくりと、笑いの絶えないラブラブで気持ちのつながっている夫婦、姿月を含めた家族になっていくように、妻として母としてがんばっていきます。落ち込むとき、悩むとき、いろんなときがあると思うのです。心を強く持ち、姿月の毎日の面会に行こうと思っています。姿月の親は私たちです。力を合わせてどんなときでも話し合い、姿月を見ていこうね。私はあなたの体が一番です。姿月の体が一番です。私にはあなたたちが命です。

退院の日

5月16日（日）
すご〜い雨
2932グラム

退院というのに朝からおっぱいはカンカンで痛いは、頭はガンガン痛いは……。でも、みんなに心配かけたくないし、我慢我慢。

退院するときに夫婦で病棟に
「お世話になりました」

と伝えに行きました。そうすると大変お世話になった看護師さんが、私たち夫婦をエレベーターのところまで送ってくださいました。そして、そのときに忘れられない言葉を言っていただきました。

「ありがとうございました。二人のがんばりと二人のしぃちゃんへの愛情の深さを見て、命の大きさというものを改めて感じることができました。これからもがんばって！」

という言葉でした。エレベーターが止まっても乗らずに話を続けさせてもらいました。嬉しかったです。すごく励まされ、同時にがんばろうという気合が入ってきました。

「こちらこそ、ありがとうございました。本当に助けられました。がんばります」と気持ちを伝えさせてもらい、エレベーターに乗りました。

初めての握手

5月17日（月）
2916グラム

いつ姿月が目を覚ましても寂しくないように、私たちの写真を保育器の上に置かせてもらえることになりました。そして、右手の点滴が一本中止になったので綺麗に拭きました。初めて姿月の手を握れました。感動でした。がんばれ。

姿月のために、自分たちのために、夫婦で力を合わせてできること、それはこの悔しさをうやむやにしないで、けじめをつけることです。そのために、弁護士の先生を探し、お願いしました。そして、今日その弁護士の先生から連絡をいただきました。話を聞いていただきました。それだけで、気持ちが少し晴れました。

頭の気になる凹み

5月18日（火）
2960グラム

入院中も面会謝絶にしてもらい、誰とも会うのが嫌でした。そんな中、悔しく憎い病院ではありましたが、私が仲良くしていた同僚や先輩からお花と手紙をいただきました。と言っても会いたくない私の気持ちを察していただき、玄関の前に置かれていたのですが……。手紙を読んで、心配してくれている気持ちが伝わってきました。メールで感謝の気持ちを送りました。それが、私の精一杯でした。

姿月の頭の凹みが気になりました。不安になりました。

役所の仕事

養育医療の手続きに県の保健所に行きました。私たちが提出する書類は、誰が見ても普通の状態の子でないことくらい、すぐにわかる意見書でした。そして、その対応をした人は妊婦さんでした。その姿を見ただけで私は辛かったのに、ビックリするほどの横柄な態度だったのです。しかし、夫は丁寧な口調で「そうですか。はい」と答えていました。

日を替え保健所に向かいました。私は車の中で待っていました。すると夫が怒りの顔で戻ってきました。話を聞くと、この前受けつけてくれた人が、頭に来ることを言ってきたようでした。

私たちは納得できない気持ちでいっぱいになり、相談窓口へ向かいました。お役所のする仕事だと思いました。人の気持ちなど考えもしないで決まったことだけやればいい。そういう態度や考え方は、そこの責任者が来ても一緒でした。責任者も考えられない態度だったのです。けれども、一人だけ話のわかる人がいました。保健師の女の人です。泣いて話を聞いてくれました。この養育医療を申請に来る親は元気な赤ちゃんの親ではない。未熟児やなんらかのハンディを持っている赤ちゃんの親なのです。そういう窓口だからこそ、考えてほしいのです。感情的に言っているのではなく、同じ思いをしたたくさんの人を代弁しているだけなのです。

感動！　動いた

5月19日（水）
雨降りの日
3030グラム

姿月が動いた動いた動いた動いた～。和田先生も看護師さんもびっくりして、特に先生は、

「しぃちゃん、わからんよ!!」

と言ってくれました。もう、姿月が動いたときは、あまりにも嬉しくて泣きじゃくってしまいました。本当に感動しました。

姿月へ手紙を書きました。

姿月の可能性を信じています。一パーセントに満たないほんの少しの可能性でも、姿月にはお父さん、お母さんがついているからね。姿月がお母さんのお腹に命を宿したときから三人でがんばってきたんやからね。今日は本当に希望をありがとうね。

動く

当たり前に　歩く　話す　笑う　泣く　食べる
姿月には　その当たり前がない
精一杯　当たり前を自分のものにするために
毎日毎日を　必死で生きている

精一杯　生きている
手を握り体を触っていると　姿月の全身が　動いた　動いた
私は　叫んだ　泣いた　感動した
当たり前の　動くことで　こんなに素晴らしい気持ちにさせてくれた　姿月
心からありがとう　勇気をありがとう

5月20日（木）
3044グラム

初夢

初めて姿月が夢に出てきました。初めて姿月が夢に出てきました。こんな夢だったんだよ。

夫婦で姿月の面会に行き、椅子に二人で座って話をしているときに動いている姿月の姿を目にしました。夫婦二人とも嬉しくて嬉しくて姿月のところへ駆け寄りまし

た。そうしたら姿月が、

「ママはどこ？　ママはどこ？」

と言っているのです。私は慌てて、

「ごめんごめん姿月、ここにいるよ、ここにいるよ」

と思いっきり抱きしめて落ち着かせてあげました。私も抱きしめて落ち着きました。

それを夫に話すと、

「一歳過ぎてからやからな、話すのは（笑）」

と嬉しそうでした。

大好きな姿月へ

「仮死状態で生まれたんやって……かわいそうに……」

ただ、そういう情報だけが行き交う始末

姿月もお母さんもお父さんもがんばってるのにね
どんなに親子三人の暮らしを楽しみにしていたか
姿月との対面をどんなに心待ちにしていたか
姿月を抱っこしておっぱいをあげたかったか
姿月のためにお父さんと二人　一生懸命にチャイルドシート選んだよ
そこに寝かせて一緒に退院したかったよ
普通に生まれていたはずなのに　悔しい
日に日に悔しさがいっぱいになる　悔しい
姿月　お父さんお母さんは可愛い姿月のため
今できることをがんばるからね
姿月のその大きな命を失くさないために
大きな愛を伝え　姿月に毎日温かいお母さんを伝えたい
姿月　お母さんをたくさん感じてね

嬉しい知らせ

5月21日（金）
曇りのち晴れ
2978グラム

昨日の面会に行ったとき初めての経験があったね。それは、右手と左足の型をとったことです。姿月は何をするの！　と言わんばかりに手を握りしめていましたね。その光景を見て二人してニヤニヤしてしまいました。姿月ごめんね。でも、あまりにも可愛い可愛い状態だったから。

ため息しか出ない、心がどしゃ降りの私に朗報がありました!!　夜の面会に行き、ベビーセンターに入ると看護師さんから、

「お母さんに嬉しい報告が！」

と言われました。私は、思わず「えっ」と大声を上げていました。なんと、姿月の鼻のチューブから私のおっぱいを注入してみているとのことでした。ほんの一ミリリットルの量を一日八回ですが、私はなんとも言えない気持ちでいっぱいでした。

母乳が一ミリから三ミリリットルに

5月22日（土）
生後14日目
2996グラム

たまらなく嫌な嫌な夢を見ました。とっても堪えられない夢でした。姿月のお葬式の夢です。私は狂ったようにギャーギャー泣き叫び、姿月を抱きしめたまま離しません。たまらない……。きっと現実にそうなってしまったら私はおかしくなってしまうでしょう。怖い怖い……。ああ、こんなこと考えないで、気持ちをしっかり持たないと！　姿月を思いっきり抱きしめたいよ。抱きしめたいよ。涙があふれてきてしまう。姿月はがんばっているのに、私はマイナスのことばかり考えてしまう……駄目なお母さんだね。

お昼の面会時、和田先生からアルブミン製剤を使用したいということで同意書に記入してほしいと言われました。体内のタンパク質〝アルブミン〟量が少なくなっているとか……。しかし、先生もびっくりするくらい、姿月の力には計り知れないものがあって、刺激なのかなんなのかはわからないけど確実に動くのです。

「元気だよ」

と言っているようにしか思えません。鼻のチューブから注入される母乳の量が一ミリから三ミリリットルに増えました。月曜日から母乳パックも作ることになりました。とっても嬉しいです。

可愛くて仕方ない、私の子

5月23日（日）
3016グラム

嬉しいことがありました。鼻から入れる母乳の量が三ミリから五ミリリットルに増えたのです。おっぱいを吸ってもらえなくても、姿月の体に私の母乳が入っているというだけで、ほんの少しでも母親としての役目を果たせているというか、母親の喜びを実感できて嬉しいです。姿月が母乳を必要としてくれる限り、私はがんばって母乳を出します。お母さんに大きな希望をくれてありがとう。そして、明日から姿月のマウスケアをしてもらうことになりました。カサカサ唇は可哀相、と看護師さんに相談した結果、毎日してもらえることになりました。良かったね姿月。女の子だからねぇ。うふ。

姿月、一緒に寝たいね。

「家に連れて帰りたいよ……」

とつぶやいたら看護師さんが

「外泊届出さなあかんね」

と笑顔で言ってくださいました。

お父さん、お母さんを喜ばせるためにがんばってくれているんやね。きっと。うん、姿月もお父さん、お母さんに抱きしめられたいからがんばっているのかな。

私の子

姿月の可愛い　顔　手　足　肩　お腹　ほっぺ　鼻　口　指　爪　まつげ
おでこ　太もも　肩の産毛　唇　頭　髪の毛　腕　耳　二重あご
手のひら　目　足の指　体　可愛いところだらけの我が子『姿月』

女の子だもん。マウスケア開始

5月24日（月）

2944グラム

今日も姿月の夢を見ました。

姿月が病院にいるのですが、元気になって寝ている様子を私が嬉しそうに見ているのです。足も手も元気に動かし、笑顔で私を見ているのです。

可愛いかった～。夢でも姿月を見つめられて、本当に幸せになれます。そして、私も姿月の夢を見たのですが、和田先生の夢にも姿月が登場したらしいのです。

呼吸器を外したら、しぃちゃんがギャーギャー泣きだして、しぃちゃんが泣いたーって言っているー。

そんな夢だったそうです。皆さんに大事に思われている姿月、幸せ者だね。お母さん羨ましいくらいだよ。

生まれてから今日までお母さん似かな？　と言われていた姿月でしたが、担当の田島看護師さんから「お父さんに似てきたね」と言われました。私も今日の姿月の顔を見てそう思いました。今日の母乳の量は五ミリから八ミリリットルに増えました。すごいすごい!!　嬉し～。そして、今日から姿月の口のお手入れにベビーオイルを使うようになりました。綺麗なお口がいいもんね。姿月といる時間は限られているけど、気持ち、心、魂はいつも一緒やからね。何も寂しいことはないからね。

面会後、姿月を病院に置いて帰るの嫌だよ～。辛いよ～。

初めての母乳パック

5月25日（火）
晴れ
2954グラム

おはよう姿月。最近、調子良く母乳が体の中に入ってくれるので、病院で搾乳する量だけでは足りなくなりました。ということで、今朝、母乳パックを作ってみました。

初めてのことで時間がかかりました。手洗いは確実にしっかりと、その手を拭くタオルはレンジでチン。乳房も綺麗に拭き、ほ乳瓶はもちろん殺菌したものを使用して、搾乳しました。そして、それを母乳パックに入れ、名前・日付・搾乳時間を書いたシールを貼り凍らせるのです。うまく行ったかなぁ。病院へ持っていき検査してもらうぞっと！

うんちうんち、姿月のうんちを初めて見ました。黄色＋黒って感じの色でした。うんちが可愛いというと変な感じですが、なんだか嬉しくて可愛くて。そして、な、な、なんと母乳が八ミリから一一ミリリットルに増えました。嬉しいことだらけの一日でした。

ベビーセンターの中

5月26日（水）
2952グラム

ベビーセンターのお友達　みんなうるさいね、姿月。
姿月ぐっすり寝ているのにね。
でもね、姿月違うんだって！
みんなお友達は、「しぃちゃん、もう起きて！　目を開けていいよ！」って。
姿月へのみんなの優しさなんだって。

看護師の皆さんも、しぃちゃん、しぃちゃんって声かけてくれるね。姿月、目を開けたときみ～んなに可愛い笑顔のプレゼントしないとねぇ。ベビーセンターの皆さん、いつも姿月に優しさをありがとうございます。
今日は母乳も一一ミリから一五ミリリットルに増えました。すごいすごい。

母乳がストップ！

5月27日（木）
2958グラム

姿月に注入される母乳の量が増えたので、今日は早朝から凍らせた母乳をベビーセンターに持っていきました。姿月のためにすることがある……こんなに嬉しいことはないです。しかし、残乳も夕方からあり母乳がストップ！　ショックです。母乳が鼻のチューブから逆流してきてしまったのです。痙攣も重なり……。

病院の帰りに親子で手をつないで歩いている人を見ました。涙が込み上げ、手を握りしめ我慢しました。仕方ないのですが……。一緒にいた夫は優しく、そういうときもあると、それ以上何も言いませんでした。

複雑な思いで初めて感じる姿月の重み

5月28日（金）
2930グラム

私のお昼の面会のあとに姿月の容態が急変しました。痙攣を起こし看護師さんもヒヤッとされたようです。私たちが駆けつけたときには、姿月の顔色は今までに見たことがないほど真っ白で、いつも赤い唇も白くなっていました。怖かったです。面会中にも看護師さんに胸を叩かれることもありました。そんな中でも姿月は一生懸命息をしていました。私は、ただ一緒にいてやることも抱いてやることも何もできない……。悔しくて悔しくて泣いてばかりでした。

そんな私たちに看護師さんは保育器を開けて、

「お母さん、お父さん抱っこしよ。ほら、ここに手をやって」

と姿月を初めて両手で抱きかかえさせてくれたのです。正確に言えば抱くというより持ち上げるという感じでした。そして初めて姿月の重みを感じることができました。嬉しい気持ちとこれで最後かぁという気持ちで、胸が張り裂けそうでした。素直に一〇〇パーセント喜べず……なかなか帰れませんでした。ずっとずっと保育器の前にいたい気持ちで離れられませんでした。しかし、看護師さんから、

「今、安定してきたからしぃちゃんは大丈夫。何かあったらすぐに電話入れるからね」

と言われ、ベビーセンターをあとにしました。その優しい言葉さえも、とっても寂しかったです。姿月、がんばれがんばれ！

一安心

5月29日（土）
2998グラム

この日は寝つけない晩となりましたが、病院から電話は入りませんでした。よくがんばったね。

よろこび

動いた　よろこび　会えた　よろこび
お母さんだよ姿月、と呼びかけ反応してくれた　よろこび
手をギュッと握ってくれた　よろこび
夫が父となった　よろこび
姿月の住民票が家に届いたときの　よろこび
五月二十八日の新聞の出生欄に姿月の名前を目にしたときの　よろこび
姿月の保険証ができ上がったときの　よろこび
体を綺麗にしてあげられる母として幸せな　よろこび
新米お母さんが恐る恐る爪を切って綺麗にしてあげられたときの　よろこび
たくさんの　よろこび　がまだまだあるけど
今　姿月が生きている　よろこび
これこそが私の一番の大きな大きな　よろこび

よろこびを与えてくれている我が子　姿月　ありがとう

予想をはるかに超えるがんばり

5月30日（日）
生まれて4回目の日曜日
体重測定なし

今朝も夫婦二人して目を合わせたときに同じ気持ちでした。病院からの電話が入らなかった！　嬉しかったです。するとで、姿月を抱きかかえたときの喜びが込み上げてきました。姿月の首とお尻のところに手をやり、姿月はすごく重く感じられました。夫も姿月は重かった……と涙していました。

そして、姿月の一分間の呼吸数を一五回から二五回に設定変更をし、姿月の容態は安定しました。和田先生とたくさん話をしました。先生は、しぃちゃんのがんばりはものすごい、予想をはるかに超えるがんばりだと言って褒めてくださいました。姿月は、少しずつではあるけれど、顔も体もピンク色になってきました。面会のときに夫婦で体を触り声をかけ、歌を歌ってあげました。姿月にはすべてが伝わっているのです。血圧も安定し脈も何もかも良くなりました。良くなることで返事をしてくれているのです。

今日は、私の親友が大阪から来てくれました。手にはお守りとお札を持っていました。私は、ただ感謝しました。姿月を見て、「ただ気持ちよく寝ているようにしか見えない」

と言っていました。面会に来る人は必ずこの言葉を言ってくれます。親友が、苦しい気持ちを抑えているのが伝わってきました。精一杯の笑顔でした。そのいっぱいの笑顔で「出産おめでとう」と可愛い洋服とウサギちゃんのガラガラをお祝いとしてもらいました。誰からも言ってもらえない、この言葉「おめでとう」が心にしみ入り、嬉しかったです。私を心配してくれてありがとう。心があったか〜くなりました。

嬉しい反面、不安な母乳が再開

5月31日（月）
2984グラム

神奈川、大阪、京都、島根の友達からお守りが届きました。ものすごく感謝しました。遠くからでも祈っているという言葉に感謝しました。

姿月の生まれた日は雨でした。それからしばらくの間も雨でした。だから、お母さんは雨が好きになりました。今まで以上に。今日も雨です。

欲を言えば姿月に元気になってもらって親子三人で楽しい時間を過ごしたいよ。お父さんやお母さんの顔を見てほしい。姿月の声が聞きたい。泣いてほしい。

今日の夜の面会のとき、私たち夫婦と四人の看護師さんとものすごくたくさん話をしました。姿月もピンク色のいい顔をして話を聞いてました。今日から母乳が再開になり五ミリリットルが八回、姿月の体に入りました。嬉し〜。がんばれがんばれ、し〜づ〜き〜！

夫が私の日記帳に何か書いてました。
【Carpe diem】カルペ・ディエム（ラテン語で今を生きろ・楽しめという深い意味）
この言葉を〝姿月〟〝妻〟に、そして自分に、捧げたい――という内容でした。

二酸化炭素を吐く大切さ

8月1日（火）
2940グラム

今日は姿月の夢を見ました。姿月と一緒にバスツアーに参加している夢です。

私は姿月を抱き、ずっと大切に抱きしめて、よく動く姿月に笑顔で、

「しぃちゃん元気だね」

と嬉しそう。バスツアーの参加者はみんな私に、

「可愛いお子さんですね」

と声をかけてくれ、私はものすごく満足気でした。ちょっと目を離すとハイハイし

てどこかへ行ってしまうから、私は姿月をバスタオルにくるみずっと膝の上で抱きしめている。

こんな夢でした。とっても幸せでした。姿月〜、抱きしめたい。

お昼の面会で姿月はがんばっていました。そして、和田先生ともいろいろ話ができました。呼吸では二酸化炭素を吐くことにかなりの意味があるとのことでしたが、姿月はうまく出せていないので、呼吸数が二五回から三〇回になっているということでした。しぃちゃんはかなりがんばっているということも言っていただきました。

夜の面会のときベビーセンターに入っていくと、和田先生がいらっしゃいました。

「こんばんは」

と明るく姿月のもとに行きましたが、先生は硬い表情です。

「……お母さん実はね……」

と話が始まりました。聞けば少し前に痙攣が起きていたようで少し悪い状態だったというのです。しかし、そのときの姿月はほんの少し前にそんなことがあったとは思えないくらいのすごく綺麗なピンク色の顔で……。信じられませんでした。

先生も看護師さんも口を揃えて言ってくださったことは

「お母さんお父さんが来る時間をしぃちゃんはわかっているから、それまでには元気にならないと！　良いところを見てもらわないと！　ってがんばったんですよ。だって、面会の時間ぴったりに良くなったんですよ」

ということでした。そして、姿月は先生が帰宅されようとしたときに寂しくなったようで、看護師さんに先生を呼んでもらって、先生に来ていただいたようです。甘えたくて大好きなみんなに傍にいてほしかったんだね。今日は、母乳は五ミリリットル入ってます。

ドキッ。病院からの連絡

0月2日（水）
3036グラム

朝の九時頃に病院から電話がかかってきました。私は、ドキドキあたふたしてしまいました。しかし、田島看護師さんの穏やかな声でした。用件は、母乳が足りなくなったので凍らせて持ってきてほしいとのことでした。「姿月が私を必要としてくれている」と感じて嬉しくなり、たくさんおっぱいを絞りました。そして、お昼の面会に行きました。

しかし、行ってみると、姿月の点滴のルートを探していただいている最中で、姿月は三人の小児科の先生たちと看護師さんに囲まれてがんばっているところでした。遠目でしか見られなくて姿月の状態が気になったのですが、看護師さんから、

「お母さん、しぃちゃんは大丈夫だからね」

という言葉を聞いて帰ることにしました。看護師さんは、

「ごめんね。会えなくて」

と何度も言ってくださいました。初めてお昼の面会できなかった……。

血管……

6月3日（木）
2971グラム

姿月おはよう。昨日は偉かったね。いっぱいがんばったね。先生たちも姿月の血管細いからいっぱいいいっぱいがんばってくださったんだけど大変だったみたいで……。だから、姿月もう一回がんばろうね。嫌っ？　嫌だよね。お母さん代わってあげたいけど、姿月はお母さんの子やから、お母さんに似て強い子だよね。がんばれちゃうよね。お母さん、先生にもお願いしておくから、大好きな看護師さんたちにも、傍にいてくれるようにお願いしておくから今度もがんばろうね。眠っている間に終わるからね。

『当たり前』
広辞苑で「当たり前」を調べると、〃そうあるべきこと。当然。ごく普通であること〃

とあります。

「当たり前の呼吸」、姿月は今、必至に思い出そうとしているのです。私のお腹の中で元気に可愛くピクピク動いていたあの頃を。姿月には「当たり前」はないのです。

そんな姿月に私ができることは「当たり前の親の愛情」をたっぷりと伝えることだけだと思うのです。当たり前に生きてきた私は、今我が子姿月の姿を見て、当たり前とはすごく幸せなことであることを実感しました。

夜の面会を終えて空を見ました。今日はものすごく綺麗な満月です。

血液型わかっちゃったー

6月4日（金）
晴れ
2923グラム

きっと今日はうまく血管が見つかる、先生お願い！　祈る気持ちで面会までの時間を過ごしました。そして……うまく行きました。良かった～。先生ありがとう。

ルートが変わり姿月の右足が自由になりました。初めて何もついていない右足を見ました。嬉しい嬉しい。可愛くて可愛くて。五本の可愛い足の指。足の形はお父さんにそっくりだよ。

そして、今日は嬉しいお知らせがあと二つありました。なんと母乳の量が一〇ミリリットルと増えました。そして、以前から知りたかった姿月の血液型がわかりました～。ＡＢ型でした。聞いてなんだか笑っちゃいました。お父さんお母さんの半分半分なんだねぇ。うふふふふ。今日は、オレンジ色のものすごく綺麗な綺麗な丸い月でした。

姿月の力いっぱいのキック

6月5日（土）
3124グラム

今日の姿月の様子はと言いますと、ピンク色で優しい顔を見せてくれました。でも……、体にむくみがあるように見え少し心配でした。アルブミンも入っているし大丈夫らしいのですが……。夜の面会のときに姿月が首を動かしました。詳しく話すとですねぇ、私がおっぱいを絞りに行こうと保育器から離れ、夫が姿月のあごを触ったときに首を右、左に動かし、右足を強い力で蹴ったというのです。私はとっさに駆け寄りましたが、残念。その動いた姿は見られませんでした。でも、二人してすごく嬉しくて興奮しました。きっと姿月は、看護師さんと楽しそうに話すお父さんの声を聞いて嬉しく楽しかったんだと思います。

職場の元同僚が会いに来てくれました。たくさん泣いて話しました。自分たちが今働いている職場なのに……信じられない、とわかってくれました。それだけで気持ちは楽になりました。病院での噂話も聞きました。そして、残念な気持ちになりました。

今日も綺麗な丸い月でした。

治療の現実

6月6日（日）
3256グラム

点滴の量はA病院に運ばれてきたときの倍になっている。点滴がほんの少しでも切れる時間があると血圧が下がってしまう。尿の出も悪いこともありここ最近アルブミンの薬を短い間隔で使用している。少し低栄養もあるみたい……。などという話を和田先生としました。

確かに毎日は辛い現実ばかりです。しかし、明日で姿月がこの世に誕生して三十日を迎えるのです。これもすごい奇跡であり、姿月の生命力のすごさは日に見えて現れているのです。もう少し、もう少し、息ができるようになるまで、もう少し！

今日は月の姿はありませんでした。

大好きな皆さんからのお祝いカードとケーキ。感謝の一言です

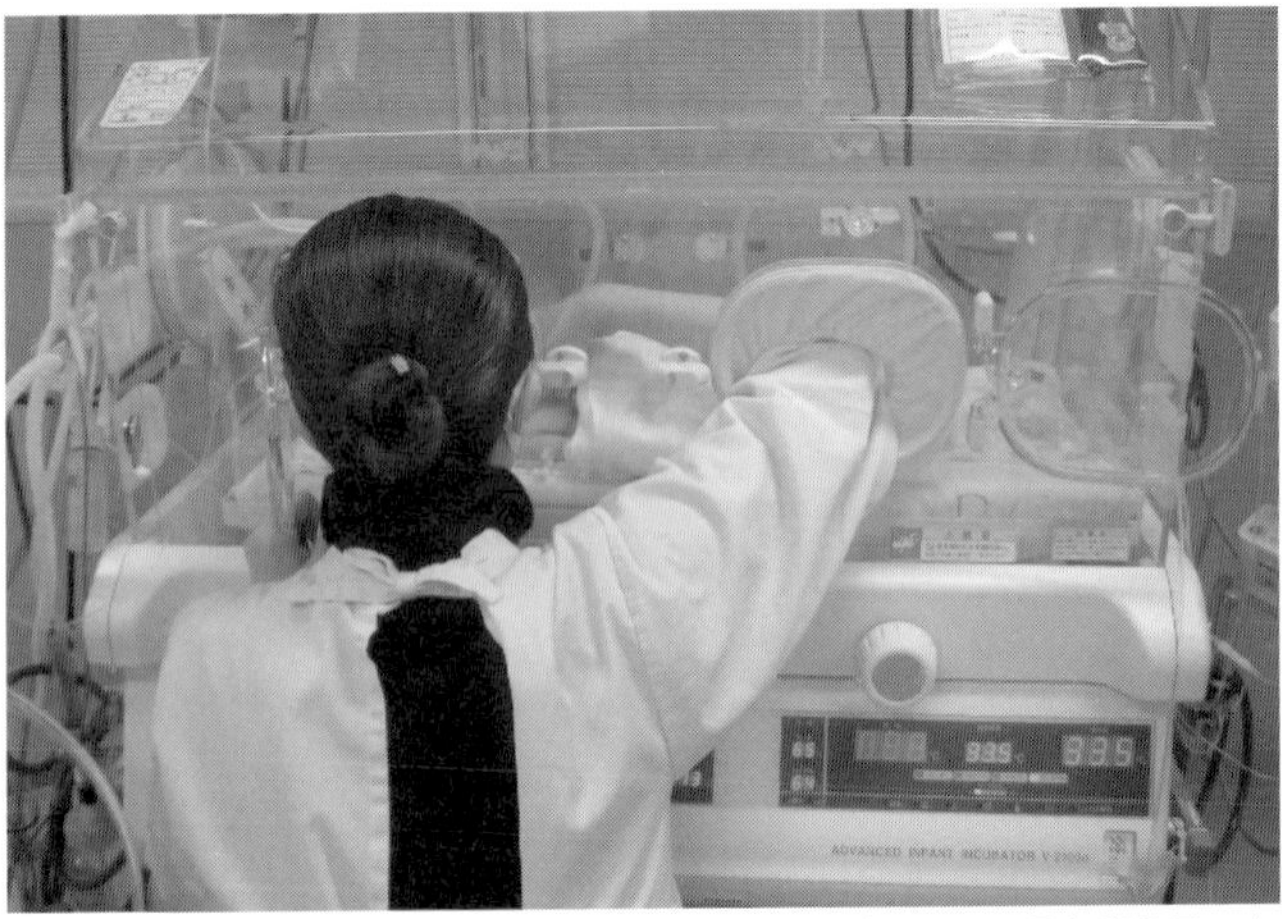
生後30日。2、3日の命と言われていた姿月。がんばって1カ月を迎えることができました

生後三十日おめでとう。よくがんばっているね

6月7日（月）
生後30日
3191グラム

今日は姿月ががんばり続けてくれて三十日の日です。ベビーセンターの看護師さんたちがメッセージカードとお手製の紙ケーキを作ってくださいました。嬉しくて涙が出ちゃいました。温かいお心遣い、本当にありがとうございました。姿月もさっと嬉しくて喜んでいることでしょう。デジカメで写真も撮らせていただいて、またまた写真が増えました。

姿月の体温が少し低かったので、タオルをずっとかけていました。しかし、酸素飽和度は一〇〇パーセントというときもあって、久しぶりに良い数字を見ることができ、嬉しさが込み上げてきました。本当に嬉しい時間でした。昨日より、むくみも多少とれ体重も少し減り、私は嬉しいことだらけでした。あっ、母乳も十ミリから十二ミリリットルに増えました。お母さんのエネルギーも何もかも吸いとって栄養にして

ね。本当に今日は、嬉しいことだらけの日でした。夫は姿月のために想いのこもったテープを作成しました。あ～、親子三人で過ごしたい。抱きしめたい。傍にいたい。姿月、お願い元気になって！　お願いお願い。

寂しい、一人での検診

6月8日（火）
雨
3177グラム

今日は私の一カ月検診でした。夫に病院まで送ってもらい婦人科の受付をしました。そうかぁ、姿月を産んで一カ月経ったのかぁ。幸せに、可愛い洋服着せて姿月とともに検診に来るものだと思っていたなぁ。しかし、今が現実、しっかり今を見つめないと。自分でコントロールするしかないんだから……。それにしても待合室で待つ時間は寂しく孤独でした。自分の体なんて、診察してもらわなくても……と思い帰りたくなりました……。今日からお風呂にもつかっていいそうです。なぜか今日は気持ちが沈んでいます。姿月、お母さんいっぱいいっぱい泣きたいよ。どうしよう、辛くて仕方ないよ。ごめん姿月のほうが辛いのに。ごめんごめん。この一カ月いろいろありすぎて……自分が自分でないみたい。でも、現実を見ていかないとね。

最高、最高、母親の喜び。「初めての抱っこ」

6月9日（水）

3137グラム

今日姿月が夢に出てきてくれました。だから、目覚めが良かった〜。

姿月を私が嬉しそうに抱っこして、あったか〜いという感じが幸せでした。そして、姿月が嫌！　嫌！　とだだこねて、ものすごく手足バタバタさせて、

「いつもの保育器に戻して〜」

と和田先生に言うので、戻してあげると気持ち良さそうにすやすやと寝たのです。とても可愛い寝顔でした。

こんな夢でした。きっと、今日抱っこできることを予感して、こんな夢を見たのかもしれないね。

面会が終わり約一時間が経とうとしているのですが、この手の震え……この気持ち……。一生忘れることはないでしょう。姿月を抱くことができた今日、この日は私たち夫婦にとって忘れられない最高の日になりました。

私が生まれて初めて味わった感動！

ものすごく　いい香りの姿月　ものすごく　温かい姿月
ものすごく　可愛い顔の姿月　ものすごく　顔の産毛が可愛い姿月
姿月に　キスを「ちゅっ」ってしたかった　キスができた
ちゅっちゅっちゅっちゅっちゅっちゅっちゅ〜、たくさんできた
でも　姿月へのファーストキスは　お父さんですよ　良かったね

最高、最高、母親の喜び。「初めての抱っこ」

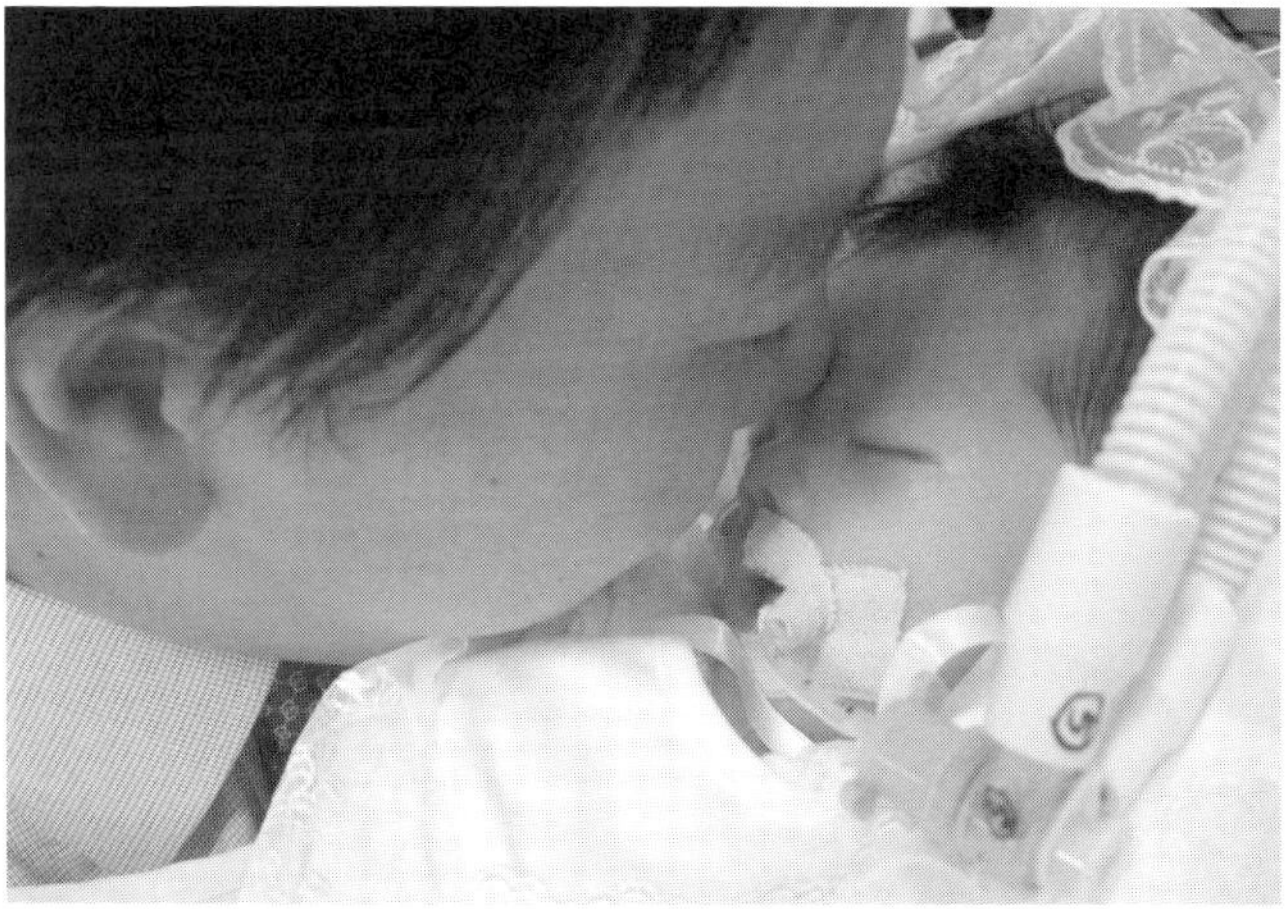

初めてのキスは、お父さんです

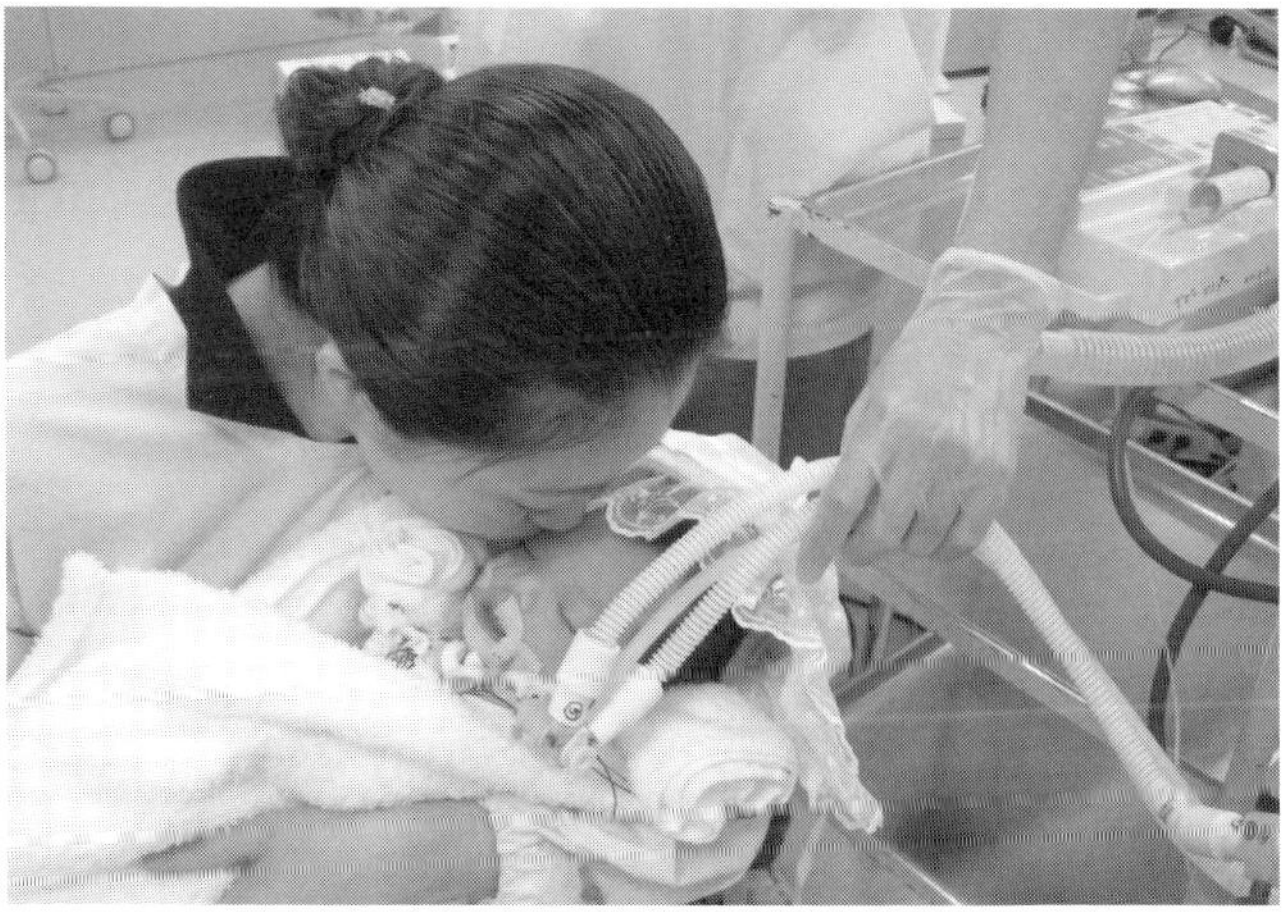

姿月の顔は私の涙で濡れちゃいました。手が震えて家に帰っても震えが止まりませんでした

いつか　彼氏ができても初めてはお父さんやからねぇ
姿月の重み　姿月の柔らかさ
姿月の母親としての実感が何百倍にもなりました
抱っこは親子にとって　とても大切な愛情表現だと実感できました

洋服を選び買える喜び

6月10日（木）
2980グラム

昨日の夜の面会時には、お昼に抱っこしたときに着せた服をそのままにしておいてくれました。私が姿月のために、姿月がお腹にいるとき、通販で買っておいた赤い花柄の産着です。服を着ると姿月の顔も一段と女の子らしく可愛らしい。満面の笑顔だった私を見てだと思うのですが、看護師さんから、

「用意して買っておいた洋服持ってきて、お母さん。着せてあげよう。いつもタオル

かけてるけど洋服着せてあげると可愛いし保温にもなるしね」

と言っていただきました。

私は、ベビー服の店に走っていました。服を選んでいるときは、本当に時間を忘れました。夫も選びました。笑えるのが、夫らしいというか、ヤンキースの服を選んでいたのです。どこから見ても男の子の服では？　そんなことより、姿月に似合う！という夫の力強い言葉に負けました。そして、選んだ服を洗濯して持っていきました。

母乳が一八ミリから二一ミリリットルになり、姿月の状態も安定していて嬉しい限りです。抱っこしたときからものすごく良い状態なの～。姿月もきっと嬉しかったんだね。

姿月の名前が、地方紙の赤ちゃんの欄に載りました。宝物です。

姿月のにおい

6月11日（金）
雨降りの日、台風接近
2900グラム

姿月に着せた服、良いにおいで抱きしめて寝ました。最高に幸せです。九日に抱っこしたときのこの服は洗えない……。大切すぎて。看護師さんたちには、「お母さん～、洗濯しないとカビるよ～。でも、大切だもんねぇ」と笑われたり、嬉しい会話でした。

最近ベビーセンターがにぎやかです。双子ちゃんに三つ子ちゃん。そのお父さんお母さんが羨ましいです。小さくて大きな命が一つではなく二つも三つもあるのです。姿月、お友達たくさんだね。お母さん、気持ち強くしてがんばるね。姿月、大好き大好き。

変な話、今さらっていう話ですが、薬って本当に不思議だと思います。アルブミンを使うとおしっこが出るのです。すごく出る。姿月の体がむくんでいる、腫れている、と気になります。それが、引く。わかるけど、ありがたいから不思議です。

初めてのお見舞い……

6月12日（土）
2900グラム

今日は久々に姿月の夢を見ました。姿月が目を開けた夢です。大きく大きく目を開けてくれました。ものすごく可愛いかったぁ。本当に嬉しかったぁ。一パーセントでも可能性があるから諦めないよ。きっとそんなときが来るに決まっている。

元職場の病院の先輩がA病院に来てくれました。すごく心配してくれました。私の思いをたくさん話しました。私が、悔しい思いをして恨んでいる病院に勤めている人たちです。でも、気持ちをわかってくれました。私を応援してくれました。涙を流してくれました。でも、いろんな噂もあるようで……。「どうしてお腹切って！　って訴えなかったの？」とも聞かれました。「帝王切開にしたら母親の命が駄目になっていたんだって！」ということも聞きました。私は、動揺しませんでした。あることないこといろいろ言う、噂話が流れることはわかっていたからです。でも、私を心配してくれた先輩たちには感謝の気持ちでいっぱいでした。会えて良かったと思いました。

ふーふーふーふー

6月13日（日）
2873グラム

今日の姿月の状態は？　と言うと、顔色もピンク色で体のむくみもなくすべて良い状態です。一つ言うのであれば母乳が少し胃の中に残ってしまっているということです。まぁ、そのくらいです。

今日、看護師さんに選んでいただいた洋服はヤンキースの服でした。偶然にもお父さんもヤンキースのポロシャツだったので、お揃いでした。

「姿月、いいねぇ～お父さんと同じだよ。お母さん羨ましいなぁ」

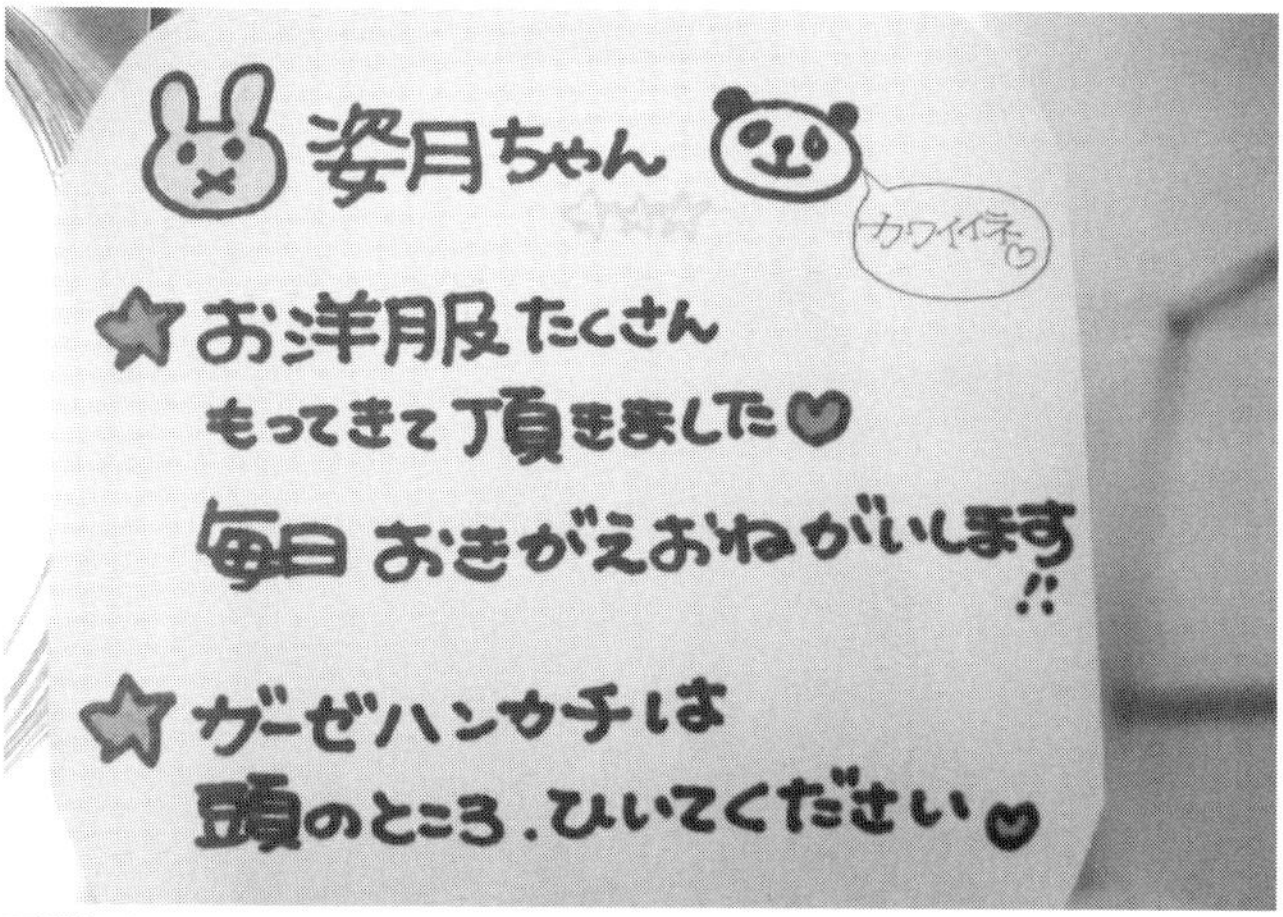
姿月ちゃん
カワイイネ
お洋服たくさん
もってきて頂きました
毎日おきがえおねがいします!!
ガーゼハンカチは
頭のところ.ひいてください

看護師さんに愛されてました。一つひとつ心を込めてメモを書き、皆さん姿月を見てくれました。母として毎日感謝していました

お父さんが一生懸命に第二弾のテープを作成し持っていきました。「いとしの姿月」というテーマでした。

姿月、ふーふーふーって息するんだよ。わかったか。ふーふーふーだよ。吸って～吐いて～。がんばって姿月の自分の力で息するんだよ。ゆっくりでいいから思い出すんだよ、お母さんのお腹の中にいたとき、いっぱいいっぱい動いていたよね。お願い、ゆっくりでいいからお願い。がんばって、自分の力で息して、姿月。

心にしみる優しさ

6月14日（月）
2917グラム

気持ちを整理して、姿月の洋服を思いきって洗濯しました。

田島看護師さんが口のところのテープを貼り替えてくれました。小さくて綺麗になりました。そして、夜にはいつも私の体を一番に気遣ってくださり、私の入院中から心の支えとなってくれていたベビーセンターの高橋係長さんがキティちゃんのシールを持ってきてくれました。少しでも可愛く女の子だから、という私の気持ちを察していただき、本当に嬉しかったです。ベビーセンターの中にいるといつも温かな心になり、心に優しさがしみます。係長さんは私の父にも気を遣っていただき、長い時間廊下で父の話を聞いてくださいました。父も涙目でした。

朗報です！　な、な、なんと、六月十六日の午後三時から抱っこができることになりました。そのとき何を着せてあげようかな？　明日服買いに行こう！　あ〜、嬉しい。

大切な日

6月15日（火）
結婚記念日
2929グラム

今日は、お父さんとお母さんが結婚式をしてから初めての記念日を迎えました。一年経って、二人だけではなく「姿月」という宝が増えました。でも、今病院に姿月がいることとは、正直すごく辛いです。隣で、お父さんとお母さんの間ですやすや眠っている姿月を見られない。なでなでもできない。こんなに辛いことはないです。この一年いろいろなできごとがありました。やはり一番大きなできごとは、姿月がお腹の中に宿ってくれたということです。涙が出ました。最高でした。二人で大喜びしました。

でも、ごめん。今、お母さん何もできない、してやれない……。辛くがんばっている姿月の応援しかできないね。生まれてきてすぐに辛い思いさせてしまって、本当にごめん。ゆっくりでいいから、お願い、元気になって。

「しぃ、お父さんお母さんに幸せな時間を与えてくれて、素敵な一年にしてくれて、ありがとう。そして、これからは三人だからね。ずっと一緒だよ。元気になってね」

今日の面会のとき、姿月に今日はお父さんとお母さんの記念日だよって言ったら、いっぱい体をうにょ〜って力強く動かして答えてくれたね。姿月も嬉しかったんだよね。姿月を見ていると幸せだよ。いろんな雑音はあるけど、ありがとう、姿月。

二回目の抱っこ。初めての話し合い

6月16日（水）
2965グラム

今日は皮肉にも最高に嬉しいことと最悪に嫌なことの両方ある日なのです。

嬉しいこととは、二回目の抱っこができる日で、おじいちゃん、おばあちゃんも特例でベビーセンターに入れて孫を触れる日なのです。

嫌なこととは、抱っこできるお昼の面会後に出産した病院での話し合いがあるということです。でも、抱っこできるこの喜びは何ものにも代えられないことなので朝からドキドキ、わくわくです。

姿月を　抱っこした　二回目の抱っこだった　感動は表現できないくらいだ
姿月は　重かったぁ　穏やかな顔をしていた　連れて帰りたかった
姿月を　この手から離したくなかった　ずっとこのままでいたかった
どうして、どうして、可愛い我が子を抱いていられないのか……悔しい

姿月が生まれてから辛いことばかりでした。私は入院中にも間違いで送られてきたメールの内容で気持ちがおかしくなったり、病院との話し合いで夫が疲れていたり、両親が穏やかではなかったり、苦しいことばかりでした。私の思いを話し、お産の現場にいた人の声を聞きたかった。そして、私の辛さは消えることのない一生の傷になったことを訴えたかったのです。

そして、私は辛い精神状態の中、何度目かの病院との話し合いに初めて行きまし

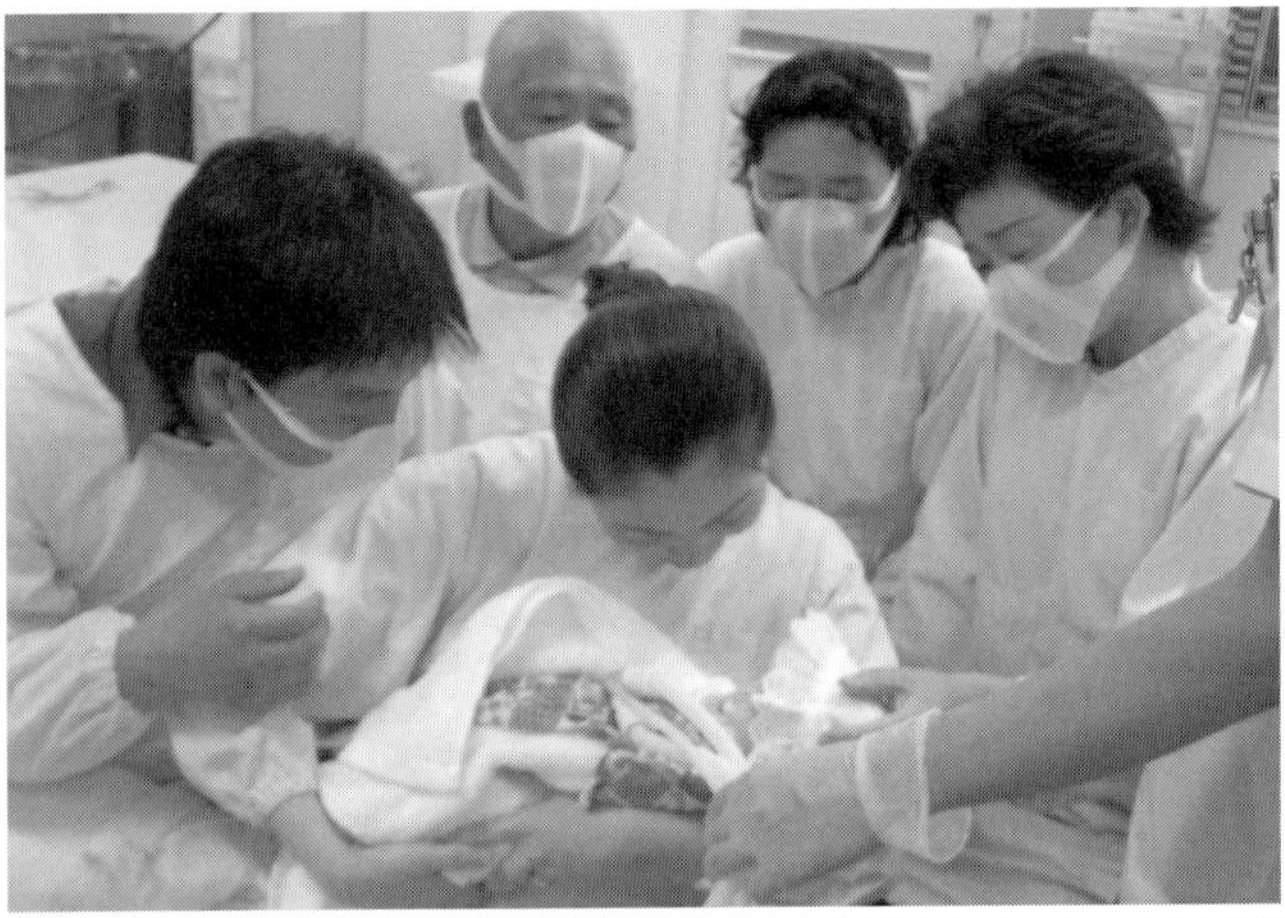

２回目の抱っこ。じじ、ばばも特例で、姿月の傍に来られました。大好きなBGMもかけて、姿月も嬉しそうでした。この時間が続いてほしい……

た。私は、自分の思いを二時間にわたり話しました。涙は流れたけれど……気丈にしっかりと話すことができました。

そこにいたのは、私もよく知っている人ばかりでした。私は、医師、助産師に問いかけました。

「私が今話したことに嘘がありましたか。どうして帝王切開に切り替えてもらえなかったのか。救急のずさんな処置についてはどうだったか、聞かせてください」

助産師は、泣いて、

「本当にすみませんでした。説明したと思っていても、足りないこともあったと思うし……。救急処置については、言うとおりです。すみませんでした」

と。医師からは、

「あなたの言ったとおりで……、救急処置のときは、パニックになっていて……何もできませんでした……」

「お腹を切ってと訴える人はいますし……」

という答えが返ってきました。

今さら救急の処置を見直されても、嬉しいはずなんかない！　こんなに大きな一つの命なのに、それをステップにされても……。その病院で私たち夫婦は一生懸命働いてきたのです。何とも言えない気持ちで、苦しめられました。私たちが、どんな思いをしているかなんて……。私たち家族は、話し合いだけで疲れ、呆れる気持ちでいっぱいでした。この病院で出産した自分を責め続ける気持ちが、消えることはない。決して消えることはないだろう。

姿月、お母さんがんばったからね。がんばったよ。ものすごく疲れた、疲れた。

母乳は二十一ミリリットル入っているし、がんばらないとね、お母さん。

母乳の力

6月17日（木）

2953グラム

　母乳の残が四ミリリットルくらいあります。でも、便が出ているから安心していいとのことでした。すやすや目を閉じ寝ている姿月、気持ちいいの？

　看護師さんとの話の中で、

「がんばって辛いのにおっぱい絞って良かったね。今だから正直に話すけど、入院中はお母さんの気持ちを一番に考えた上でおっぱい絞って凍らせて、いつかしぃちゃんの体の中に入れてあげられたらいいなぁとは思っていたけど……気持ちの半分は捨てることになるかなぁとも思っていたの。本当に良かったね。しぃちゃん、喜んでいると思うし、ちゃんとうんちも出るし、お母さんのおっぱいは良いことずくめだね」

　と言ってくださいました。心の底から嬉しかったです。手も痺れるし、あざにもなるけど、姿月に伝わっていると思うと嬉しくて気力も湧いてきました。

姿月に会いたい、一分でも早く

6月18日（金）
曇り
2931グラム

夫婦喧嘩した　なぜか喧嘩になった
なんでもないことなのに……　どうして……
「普通の生活がしたい……」心に残る一言　姿月どうしたらいい
お父さんもお母さんも　疲れたよ……　がんばらないと
ごめん愚痴っちゃった

もうベビーセンターが目の前　あと十分で面会の時間　ロビーで時間潰し
あと七分……六分　近くに姿月がいるのに
我が子に会うのに時間制限がある……
一分早いけど　いいかっ　面会に行っちゃえ　姿月が待ってる

母乳を鼻のチューブから注入するところを見ていました。そうしたら、右の鼻の穴のチューブから母乳が二一ミリリットルゆっくり入っていき、少し時間が経つと、左の鼻の穴からポコポコポコと少し母乳が戻ってきました。私は焦りました。すぐに田島看護師さんに
「姿月の鼻から母乳戻ってきている‼　あっ、結構戻ってきている！」
と伝えました。すぐに吸引してもらいました。ほんの少しだったから大丈夫だろうということでしたが、とっても焦りました。姿月、どうしたの？　お母さん見ていて嬉しかったの？

母乳の量が二四ミリリットルに

6月19日（土）
蒸し暑い晴れ
2975グラム

お昼の面会時、姿月の血圧が下がりました。私は焦りました。何もできない自分に

悔しさでいっぱいでした。姿月はがんばってくれました。ものすごくがんばってくれました。すごくヒヤッとさせられた時間でした。がんばって乗り越えてくれました。偉かったね。夜の面会時も特に変わった様子はありませんでした。しかし、少しだけ酸素飽和度が一〇〇パーセントから七〇パーセントくらいまで下がったときがあったそうです。でも、自分の力で戻ったようです。あっ、母乳の量が二一ミリから二四ミリリットルになりました。すごい!!

母乳ストップ、絶食……

0月20日（日）
父の日
3069グラム

今日お昼の面会へ行きベビーセンターに入って手洗いをしていると、高橋係長さんが私のところに来られました。……もしかして……と思いました。やはり姿月の状態が悪いということでした。私は、ぐっと涙をこらえました。姿月ががんばっているのに！　と。余力がなくなってきている姿月。お母さん、わかってるからね。偉いね偉いね。痰もうまく出せたらいいのにね。簡単にそう言うけど、姿月には簡単じゃないもんね。ごめん。小児科の先生方、看護師さんたちも姿月のがんばりにびっくりしているよ。お母さん、がんばっている姿月を見て頭なでてあげることしかできなくてごめんね。

絶食になり、酸素飽和度も五六パーセントまで下がりました。

夜の面会が終わり、落ち着かない私がいます。姿月は、すごくがんばっていました。小さい体でほんの少しの余力しかないはずなのに、体いっぱいがんばっていました。あまりにも顔色の悪い姿月を見ていると、涙がポタポタ落ちてくるのです。姿月はがんばっているのに！　と歯を食いしばり気合を入れても駄目でした。

看護師さんにアンビュー（手動式呼吸器）で酸素を入れて助けてもらい、酸素飽和度を一〇〇パーセントにしてもらってもどんどん下がる……酸素飽和度が八〇パーセント以下になると、ピーピーピーとアラームが鳴るのです。どうすることもできない……。ただ、痰がうまくとれない……肺の細いところにやっかいな痰があるんだって！　吸痰してもそんなにとれない痰……悔しい。看護師さんたちもがんばってくれてます。姿月、みんなで守るから大丈夫だよ。でも、もう少しもう少しだけがんばろう、そうしたらいつものピンク色の姿月に戻れるからね。

今日はね、とっても綺麗な三日月が出ているよ。本当に綺麗……。姿月と見たいなぁ。

お母さん、今すぐに来てください！

6月21日（月）
体重測定はパス……

午前四時十八分、眠れない私はその電話をとりました。病院からでした。

「しぃちゃんの容態が悪いから今すぐに来てください！」

という内容でした。心配で泊まっていてくれた母と夫を起こし、病院に急ぎました。手が震えました。祈りました。

午前四時半頃ベビーセンターに着きました。和田先生から話を聞き、今の現状を受け止めました。受け止めないと、と思いました。

「お父さんお母さん、傍にいてあげてください」

と先生方は後ろに下がり、モニターを見ていました。できることはすべてしていただいています。それもわかりました。

私たち三人に見守られながら……夫は保育器の左側で、私は右側から姿月を励ましました。私は、し～んと静まっているのが嫌で、声が枯れるくらいにずっと姿月に話しかけました。

「お父さんもお母さんもここにいるよ。しぃ、大丈夫、大丈夫。辛いね辛いね。わかるよ、お母さん。ここにいるよ……」

同じことを何度も繰り返し言っていたように思います。夫は、強く体を触り祈っていました。

そして、和田先生が歩いてモニターを見て姿月を見て……。午前五時頃でした。先生から、

「お父さんお母さんも一旦休んでください」

と言われました。そんなわけにはいかないという気持ちでした。けれども看護師さ

んから、

「しぃちゃん安定してきたよ。すごくがんばったし、吸痰してもぐ～んと酸素飽和度も下がらなくなったし、大丈夫だから少し家帰って休んで、お母さん寝てないでしょ」

と言われました。傍にいたい気持ちでいっぱいでしたが、一旦帰ることにしました。

しかし、家に帰っても落ち着かずうろうろしていました。そして、ベビーセンターに十時頃電話をしました。

「一時間前に酸素飽和度が下がったけど、今は九〇パーセント台になっているよ。でも、痰は少量の痰でうまくとれないの……体温が三六度と低めなの。顔色もまだいつものピンク色とは言えない白っぽい感じで……お母さん面会時間気にしないでいつ来てくれてもいいからね」

と話してくださいました。その言葉を聞いて、私はすぐに病院に向かいました。姿月は二〇〇パーセント以上の力でがんばり続けてくれてました。そんな姿を見て「がんばれ」とはもう言えませんでした。

初めて私の心に、

「姿月をゆっくり休ませたい」

という気持ちが生まれました。嫌なことなんだけど、あんなに小さい体で機械によって息をさせられている……そんな思いにもなりました。離れたくないし、いなくなったら嫌なんだけど……。

台風六号が上陸しています。私の心もどうにかなりそうです。姿月は最悪の条件の中で二〇〇パーセントの力を振り絞って生きているのです。そのみなぎる生命力は誰の目にも伝わってきます。どこにそんな力があるのでしょうか。姿月に出会えて今日で四十四日が経ちました。姿月のがんばりを見るの辛くなってきちゃいました。弱虫だね。……。

気持ちがぐちゃぐちゃなときに和田先生と看護師さんが話をしてくれました。それは、不思議な嬉しい話でした。「先生が歩いてモニターを見て姿月を見て……」というときのことでした。私たちが連絡を受けベビーセンターに着いたのが四時半頃で、先生が動いたのが五時頃でした。確実に脈も六八……四九……と下がり続け、ただ見守る状態にあった姿月が……私たちが傍にいて話しかけ体を触り続けて、約三十分もしない間に脈が一二〇台にまで回復したというのです。確実に私たちの温もり、声が伝わったのだと皆さん声を揃えて話してくださいました。私たちを感じている、伝わっている、本当に嬉しい奇跡でした。

台風よ　姿月の辛さ　吹き飛ばせ
電話鳴り　力が抜けた　とうとうか……

がんばりやさんは、母親譲りかな

6月22日（火）
2921グラム

朝、ベビーセンターに電話しました。姿月のことが気になって仕方なかったからです。優しい声で看護師さんが電話に出てくれました。

「お母さん、しぃちゃんががんばっているよ。元気だよ。今日は体重も計れたし、酸素飽和度も九〇パーセントあるし、大丈夫。心配だったらいつでも来てくれていいからね」

そして、電話の後ろからも、

「大丈夫だよ〜」

という声が聞こえてきました。嬉しかったです。

あんなに小さな姿月のどこに、こんなにがんばれるパワーがあるのか。我が子の力強さに圧倒されています。本当にがんばりやさんの姿月。私に似ていると思います。自分で言うことじゃないかもしれませんが、本当にそう思いました。

でも、欲を言わせてもらえれば、

「姿月の声を聞いてみたい。どんな声で泣くのか聞きたい」

ということです。欲張りだね。ごめん。ちょっと言ってみたかっただけです。

今日は顔色も薄ピンク色には戻ってきましたが、絶食で母乳はストップでした。

すれ違う気持ち

6月23日（水）
2873グラム

今日も病院から連絡がありませんでした。良かったー。姿月がんばっているんだなぁ。偉いなぁ。早く行ってやりたいなぁ。早く会いに行ってやりたいなぁ。

姿月は夜の面会のときにも、ものすごくいい子でした。そして、今の状態が状態なので姿月の体重を計るのは一日おきとなりました。これもすべて姿月のためを思ってのことです。今日は可愛いウサギさんの服でした。皆さんに可愛い可愛いと言われ私が大喜びでした。

ものすごく気持ちが疲れた日でした。夫との気持ちのぶつかり……。夫婦二人ともただ姿月のことだけ考えていたいのに。気持ちは同じなのに、喧嘩ばかり……心の中はどしゃ降りです。

そんな私をいつも温かく励ましてくれるのは母です。

「お母さん、いつもありがとう。心配かけてごめんね」
いつも感謝の気持ちでいっぱいです。いつまでも苦労かけているね、私。いつか、必ず親孝行するからね。

「お母さん、姿月のばあちゃんになれて嬉しい？　可愛いでしょ、姿月。私に似ている？　この前に抱っこできたとき、姿月もばあちゃんに触ってもらえて嬉しかったと思うよ。抱かせてあげられなくてごめんね。お母さん、私は幸せです。姿月の親になれたんだもん。親になりたくてもなれない人もいる中で、可愛い姿月の親になれたこと幸せに思うよ。そして、親になってみて、お母さんの偉大さと一生懸命育ててくれた愛情を改めて実感しました。私も姿月のために今できることをなんでも一生懸命に伝え、がんばります」

うんち。可愛い〜

6月24日（木）

夫は、

「昨日はごめん」

と言ってきてくれました。そして、落ち着いて姿月の話もできました。良かったです。二人とも心が疲れ果てていました。

姿月、今日はお父さんの誕生日ですよ。

お昼の面会のときに背中を洗いました。気持ちの良い顔をしている姿月が可愛かったです。背中を洗っているときには、目を開けているみたいでこれまた可愛かったです。そして今日は、姿月のうんちをたくさん見ちゃいました。面会の時間が限られているので、なかなかうんちとも会えず今日はラッキーでした。そのうんちも何とも言えず可愛かったです。うんち見て可愛いって言っていたら看護師さんには爆笑されました。今日から母乳再開になりました。姿月の状態を考え、体重測定は、月・水・金となりました。

夜の面会後、久々に外出しました。誕生日ということもあり映画を見に行きました。楽しかったです。いつも、何かあるといけないからと外出も控え、映画館なんて考えられませんでしたが、看護師さんの、

「大丈夫、デートしてらっしゃい。気晴らしも必要よ」

という言葉をいただき、安心して行けました。姿月もかなり安定してくれていたみたいで、ありがとうね。姿月も一緒にお祝いしていたのかも。

姿月、お父さんは姿月と会えたことが最高の誕生日祝いだと言ってたよ。

声でわかるんだね。嬉しいよ

6月25日（金）
雨
2821グラム

夫が低い声で、

「おーい、しーぃーちゃーんー」

と言うと、何も体に触れなくても反応して動いてくれるのです。お父さんの声わかるんだなぁと嬉しくなりました。

隣にいた双子ちゃん、三つ子ちゃんが保育器からどんどん卒業していく……。私は複雑な思いでいっぱい。弱音は吐きたくないけれど、悲しい……。面会の時間にほかの親と会うのが辛い……精一杯の笑顔で挨拶……。姿月が生まれて一カ月半が経とうとしているのに駄目だね！　がんばらないと。姿月はちゃんと母乳を体に入れてくれているのだから。きっと何か感じてくれている、伝わっているから……。

私の心。皆の心

6月26日（土）

お昼の面会時、元職場の同僚と後輩が会いに来てくれました。とても可愛らしくアレンジしたお花も持ってきてくれました。私は、花が大好きです。心が癒されました。久々だったので会えて嬉しかったです。そんな気持ちになっていました。たくさん話しました。その会話の中で、

「謝らないといけないと思って……。ごめんね。うちの病院の良いことしか言わなくて……そこでの出産薦めてしまったみたいで……」

と泣いて同い年の友達は言ってくれました。その友達は、私と同様に働いていた職場で出産して可愛い男の子のお母さんです。先輩ママとしていろいろ話を聞かせてもらっていたし、心強い友達でした。誰も自分の職場を疑わないと思います。ましてや自分の職場で出産している人をたくさん見ていて、私自身で決めたことです。友達は

ちっとも悪くないのです。それなのに、そんなこと言ってくれて……申し訳ない気持ちになりました。考えさせせちゃってごめんね。

「強い。すごく強い。お母さんの顔になっているし、お母さんって強いのかなぁ」

こんなことも言ってもらいました。姿月の毎日がんばっている姿を見て、たくさん学ぶことはあります。これからもたくさんあると思います。生きていく大変さも知りました。人生観も変わりました。

夫の心がすごく疲れています。この日、帰ったら姉夫婦がいて一緒に食事しました。心から夫は笑っていました。それを見て私は嬉しかったです。ありがとう、楽しい時間でした。姿月は安定していました。嬉しいです。

ミッキーさんの曲

6月27日（日）

お昼の面会時、姿月の顔色が白っぽいなぁと感じました。気にしていると、着ている洋服のせいもあるよ！　と看護師さんに言われました。体温も朝方は低かったみたいで、私が来たら上がってきて安心しました。残乳もありまだまだ不安定だけど、がんばろうね。姿月に聞かせてあげるテープを持っていきました。ディズニーのオルゴールの優しい曲です。

「SHIDUKI―HAHA」＠

6月28日（月）
2752グラム

携帯のメールアドレスを変更しました。連絡をとっていなかった友達にも変更のメールを送りました。そうすると、返信されてくる内容は、

「生まれたの？」

とか、

「子育てがんばってる？」

というものでした。私は、答えられませんでした。こうなることはわかっていたけど、アドレスを姿月に変えたかったのです。どうしても変更したかった。

残乳も少なくなり、ちゃんと一〇ミリリットル入っています。痰もたくさんとれているみたいです。病院から緊急の連絡を受けて今日で一週間が過ぎました。姿月の生命力には感心です。毎日驚かされています。本当に偉いです。

綺麗な綺麗な半月でした。

さまざまな思い、疲れる私

6月29日（火）

今日は出産した病院との話し合いの日です。

病院のトップの人たちは、涙を流し謝罪しました。病院では、いいこともあったしいろんな経験も大切な仲間もできました。夫とも出会えました。しかし、我が子が今辛い思いをしているのです。人の誠意ってなんなのでしょうか？

病院側からは医師会からの報告を待ってくださいとのことでした。私たちは待つことにしました。話し合いはとっても疲れました。

姿月は、テンションの低い私を慰めてくれました。ありがとう。そして、そんな私にA病院の高橋係長さんは一言、

「しぃちゃん洋服も似合うし、お母さん、帽子もかぶせてもいいよ。似合うだろうしね。可愛いの持ってきてね。しぃちゃんの帽子」と言ってくださいました。私の楽しみがまた一つ増えました。姿月の頭の凹みが気にならないようにという配慮だと感じました。

千羽鶴＆メゾピアノのピンクの可愛いフリフリドレス

6月30日（水）
2832グラム

今日は贈りものが二つありました。

一つは短大時代の友達で、大阪と兵庫に住む友達三人から、心のこもった温かいとても綺麗な千羽鶴が届きました。「何もできないから……」と手紙が添えられていました。私は泣き崩れました。その心が痛いくらい伝わってきました。ベビーセンターに持っていき写真も撮らせてもらいました。保育器の隣に吊るしていただくことになり

友達からの千羽鶴です。とってもきれいでした

ました。和田先生が笑える発言をしてくれました。

「千羽鶴って本当に千羽いるんかな？」

　これを聞いたみんな、

「せんせい～」

　と大笑いでした。しかし先生は皆に、

「それだけたくさんの想いが込められている、それが千羽鶴の意味やから素晴らしいということを言いたくて……」

　という会話でまとまりました。私は大好きな友達からの千羽鶴でここまでの話ができたことが嬉しくて仕方ありませんでした。

　二つ目は横浜にいる夫の姉夫婦からのお祝いでした。私の近所にはあまりお目見えしないメゾピアノというブランドのピンクの可愛いフリフリドレスでした。とっても可愛くて、その箱ごとベビーセンターに持っていきました。看護師さんが、

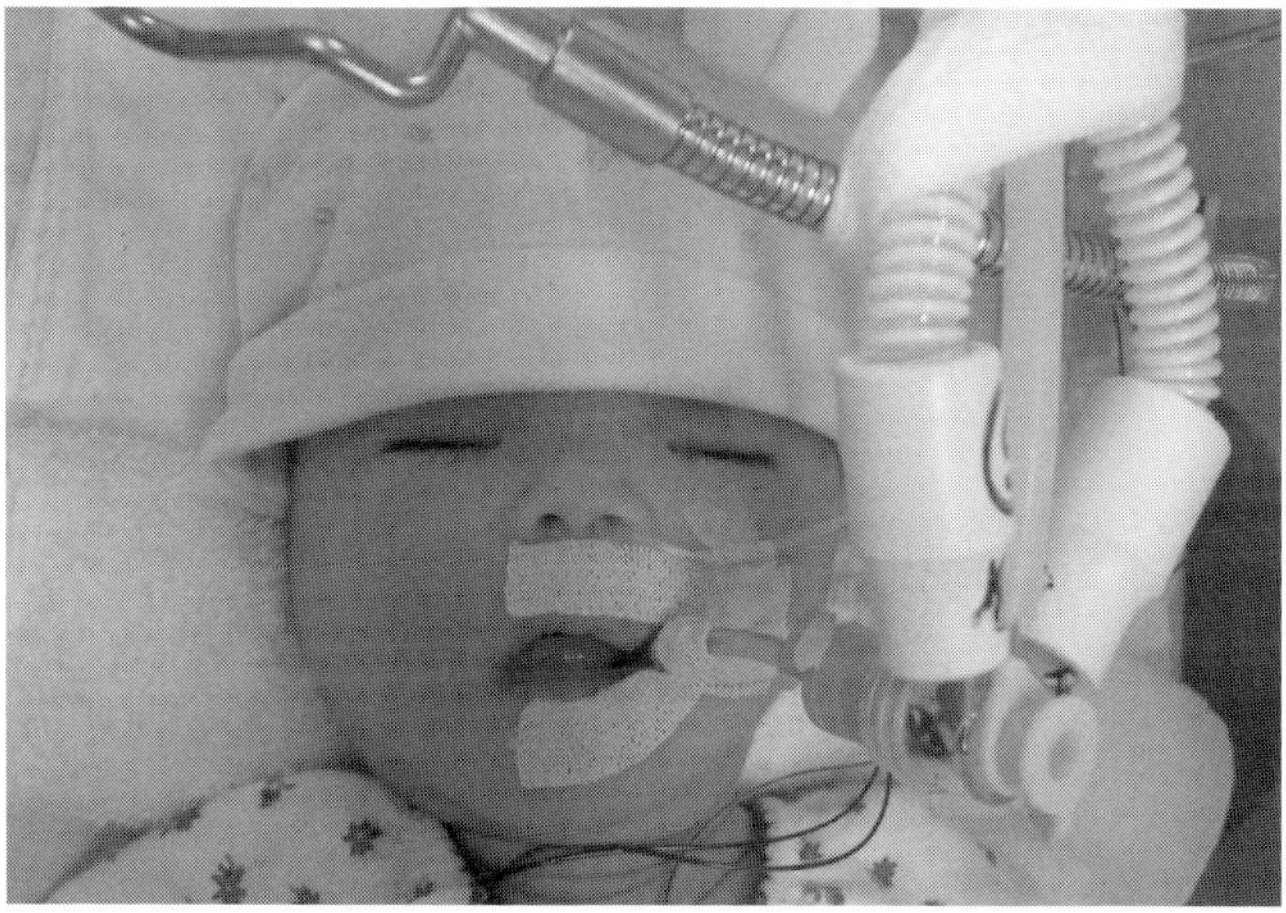

ピンクのうさちゃん帽子がとてもお似合いな姿月

「着せてあげよう」

と言ってくださり、姿月に着せることができました。そうしたら、もうもうもう、可愛いこと可愛いこと。たまりませんでした。看護師さんもみんな代わる代わる見て、ニンマリしてくれました。女の子だなと実感しました。たくさん写真撮りました。その写真をすぐに義姉夫婦へ送ろうと決めました。あ〜、可愛い。

月が替わる感動

7月1日（木）
晴れ

今日から七月です！　がんばらないと！　今日の姿月は、母乳の残がある時間となり時間がありました。状態的には安定しているように見えました。鼻のチューブの入れ替えもしました。ねぇ姿月、どうしたらおめめ開けてくれるのかな。お母さん最近そんなことばかり考えているの……。ずっと一緒にいたい。生きていてほしい。元気になってほしい。お願い頼む。あ〜、右手がおっぱいの絞りすぎで腱鞘炎みたくなっていて痺れるよ〜。

「早く帰ってきてね」と姿月の心

7月2日（金）
最高気温28度
2846グラム

和田先生が、学会のため兵庫まで行かれました。姿月は週末にかけて状態が不安定になる傾向があるためいろいろ心配していただき、私の面会の時間に合わせて電話で連絡もくださいました。

「しいちゃんの状態が悪くなったら帰ってきますので。ほかの先生にもちゃんと伝えてありますので」

と言ってくださいました。私は、電話しながら微笑んでしまいました。

「先生、姿月は先生のこと大好きだからお利口さんで先生の帰りを待っていますよ。大丈夫ですよ」

と言いたかったです。そして、そのとおりに姿月は驚くほど安定していました。

今日の月はオレンジ色でうっすらと浮かんでいてとても幻想的な美しい月でした。

姿月の奇跡的な生命力

7月3日（土）

今日は、おばあちゃんが買ってくれたおさるさんの洋服と可愛い帽子でした。茶目っ気もあってとっても似合っていました。元職場の先輩や同僚が会いに来てくれました。そして、姿月を見て、

「可愛い可愛い……信じられない……気持ち良さそうに寝ているようにしか見えない……」

と涙を流していました。私のことを、

「お母さんの顔になってる」

と言ってくれました。嬉しくなりました。だって、私がんばってるもん！　ねぇ姿月。

どこから出てくるのか　姿月の生命力
誰にもわからない　わからない　だけど　私にはわかる
気持ちが　姿月と通じている　伝わってくる
泣けない分　叫べない分　データを変化させ　精一杯体を動かし
伝わっているよ　その姿月の思い
ちゃんと　お母さんはすべて　わかっているからね
二〇〇パーセントの力で　全速力で　生きている
姿月のがんばり　わかっているからね　ありがとう　ありがとう
お父さんにも　お母さんにも　似ているね　嬉しいよ　嬉しいよ
姿月　みんなに　笑顔を　ありがとう　癒してくれて　ありがとう
姿月　元気になれるかい　一緒に　生きようね
家族で　生きようね　生きようね　楽しいよ　毎日が
お母さん　泣いてばかりで　ごめんね
悔しくて　悲しいことばかりだけど　姿月を見て　元気になれる
姿月　見ていてね　お母さん　この悔しさ　大きな力に変えるから

きっと　楽しい　明るい　明日が来る
姿月　生きようね　お母さんは　姿月と　生きたい　ともに生きたい

7月4日（日）

晴れ

親子の絆

姿月はお父さんとお母さんのことが、どうしてここまでわかるのでしょうか？仲良く喧嘩をしていない日は必ず安定しているのです。きっと嬉しいのでしょうね。お母さんの顔を薄目で見ているのでしょうか。うふふ。いつも仲良しだから、ずっと安定していて大丈夫だからね。姿月、わかった？

父親の顔をしている夫の笑顔

7月5日（月）
2706グラム

母乳も一〇ミリリットルが八回順調に入っているし、顔色もピンクですごく良くて安定している姿月でした。今日は夫が姿月の体を温かいタオルで綺麗に拭いてあげました。姿月は気持ち良いというのを全身に力を入れて伝えていました。その光景を見ているだけで私は心安らかになれました。だから、私は嬉しくて看護師さんとたくさんお喋りしちゃいました。姿月も夫も、楽しそうに話している私を、嬉しそうに見ていました。その間中ずっとモニターのデータも安定していて、幸せでした。ずっとこのままでいたいなぁ……。

お利口さん姿月

7月6日（火）

右手の点滴が漏れてしまいました。でも、午前中に左手に刺し直しになりました。看護師さんから、

「お母さん、しぃちゃんよ～くがんばっていたよ。痛かったら泣いていいよ、暴れていいよ、って言ったらうんちしたよ。わっはっは。お利口さんだったよ～」

と聞かされ、私は大笑いしてしまいました。姿月は、うんちしてきばって痛いのこらえていたのに、我慢してがんばったのに笑っちゃいました。ごめんね。ごめんね。だって、看護師さんが笑っていたから……言い訳か……よくがんばったね。なでなで。

喜び驚きの生後六十日

7月7日（水）
晴れ　七夕
2804グラム

今日は七夕、「ささのは、さーらさらー」。姿月は今日で生後六十日です。すごいです。看護師さんが用意してくださった短冊に書いたお願いごとは、私たち夫婦で四枚と、ばあちゃんが一枚です。ベビーセンターの笹につけました。看護師さんは私に、「お母さん何枚でも書いて。何色がいい？　金色、銀色、いろいろあるよ」と言ってくださいました。私は大きな字で
「姿月が元気になれますように」

と書きました。

そして、嬉しいことがありました。看護師さんが「六十日おめでとう」のカードを用意してくれてました。そこには、

「姿月ちゃん、生後60日おめでとう。いつも私たちにやさしい気持ちをくれて、あり

手作りのカード。生後60日をお祝いしてくれました。可愛いイラストは義姉夫婦よりいただいたフリフリドレスを着た時の姿月です

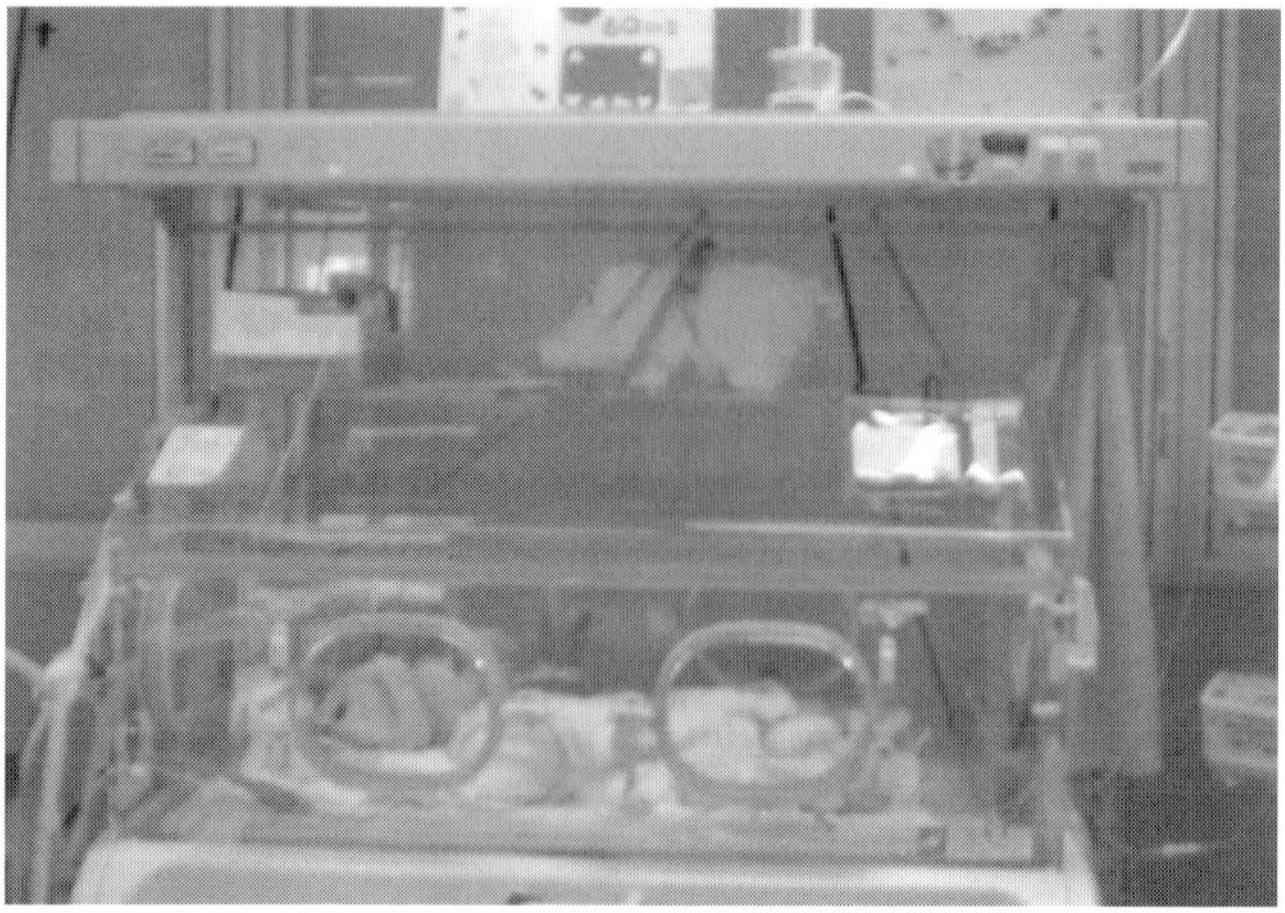

姿月のお部屋

がとう。これからもいっぱい思い出作ろうね」

と書かれていました。嬉し涙が止まりませんでした。看護師さんたちのお陰で、私こそいつも心優しい気持ちにさせていただいているのです。来年の夏は、暑い暑いと言いながら一緒に過ごそうね。プールにも海にも行こうね。花火も見ようね。やりたいことたくさんあるんだよ。元気にならないと！　ねっ姿月。

天の川　家族の思い　届けてね

息して、お願いお願い

7月8日（木）
暑い日
最高気温35度

姿月が生まれて二カ月になりました。可愛くて可愛くて仕方ありません。あー、姿

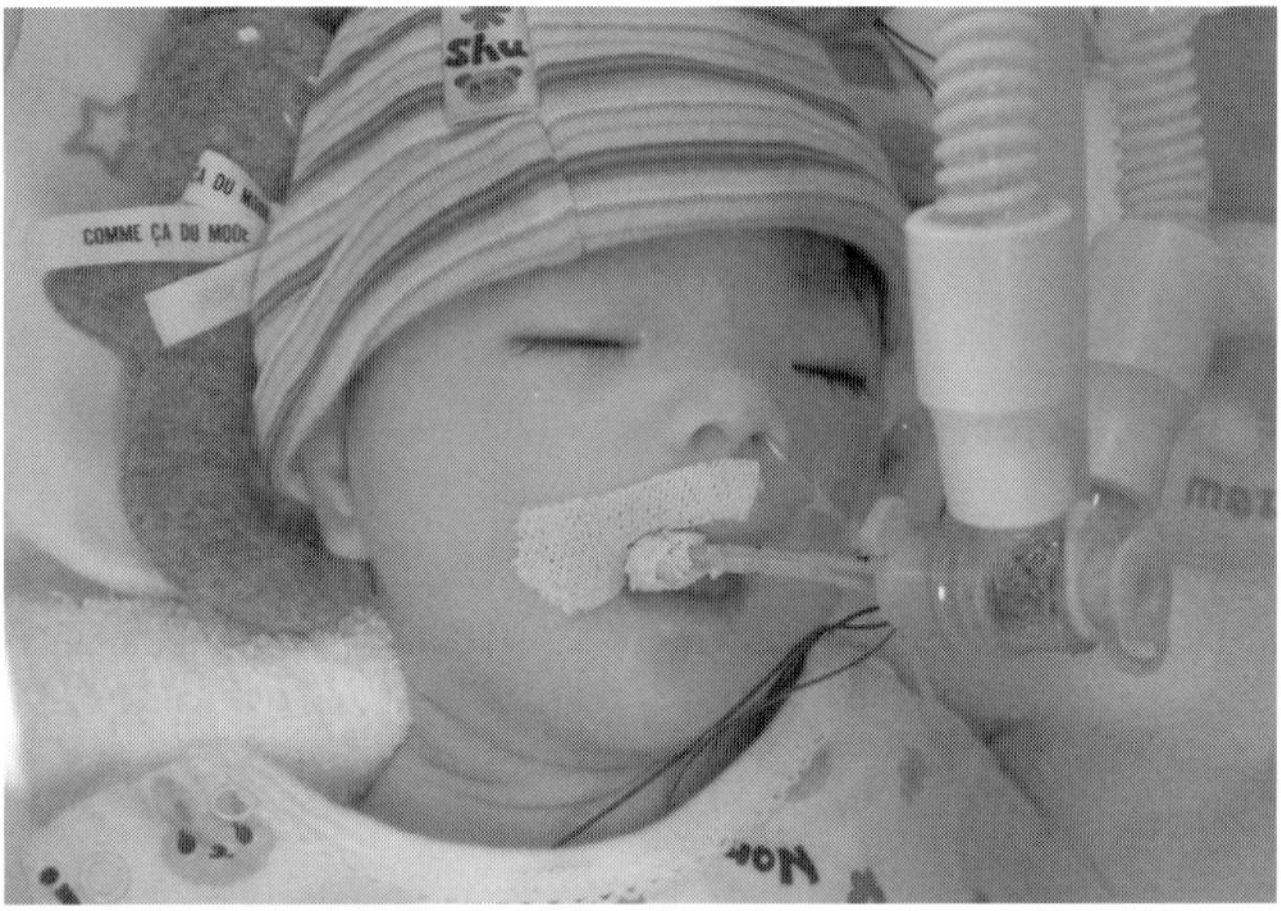

少し男の子っぽい姿月。この帽子はお父さんのお気に入りです

月を抱きしめたい抱きしめたい。姿月、がんばり続けてくれてありがとう。

元気で生まれてこられるはずだったのにね……。酸素さえあげれていれば、障害が残ったとしても生きてくれる可能性は一パーセントより高かったよね。本当にごめん。悔しい……。

いつも私たちは、

「姿月息して、がんばれ」

と繰り返し体を触り、いつか歩ける日が来ることも考え、姿月の足と手のリハビリに努めています。夫はコツをつかんだようでした。

奇跡をと　スイッチ探し　リハビリを
精一杯の今の気持ちです。

不思議だ！　奇跡だ！　という嬉しい言葉

7月9日（金）
手が痺れる……
2842グラム

今日は母乳が一回中止になりました。呼吸数が三五回になりました。呼吸数は四〇回の設定から軽くなりました。ちょっとしたことですが、私には回復しているように思えて嬉しいです。最近の姿月は残乳はあるものの特に大きな変化はありません。安定しているようにも思います。吸痰をしたあとにも酸素飽和度は一〇〇パーセントのままで下がることはないのです。六月二十一日のあのときが嘘のようです。不思議なくらい安定しています。本当に奇跡です。けれどもがんばっている中でも、週末になると姿月の状態が不安定になるというジンクスができちゃいました。だから今週末も乗り越えろ〜。姿月の生命力は宇宙の大きさくらいものすごいものがあると思います。和田先生も医師の立場上口にしてはいけないことかもしれませんが、「不思議だ」とか「奇跡だ」ということを口にしてくれます。もっともっと、皆さんを驚かせようね。こんなにがんばれるんだよってね。

うんちとのご対面

7月10日（土）

雨

今日は姿月の雨です。そんな気がします。姿月、今何を思っているの？　お母さんだよ。わかる？　わかっているよね。今は泣けないけど、私は泣き声を聞けることを信じ、祈って応援します。姿月のこと大好きだから。フレーフレー姿月。がんばれがんばれ姿月。今日の面会の時間に二回のうんちとご対面できオムツを替えました。良いことです。お母さんの母乳のうんちでした。嬉しい限りです。

ほんのちょっとの変化、わかるのは母親の私

7月11日（日）

母乳は残が二ミリから三ミリリットルありますが、うんちもおしっこも出ているので良い調子です。でも、少しピリピリと足の痙攣や舌の痙攣がありました。それでも、無事に乗り越えがんばっていました。今日もとても暑い一日でした。

初めて拭き拭きした可愛い青いお尻

7月12日（月）
小雨
2834グラム

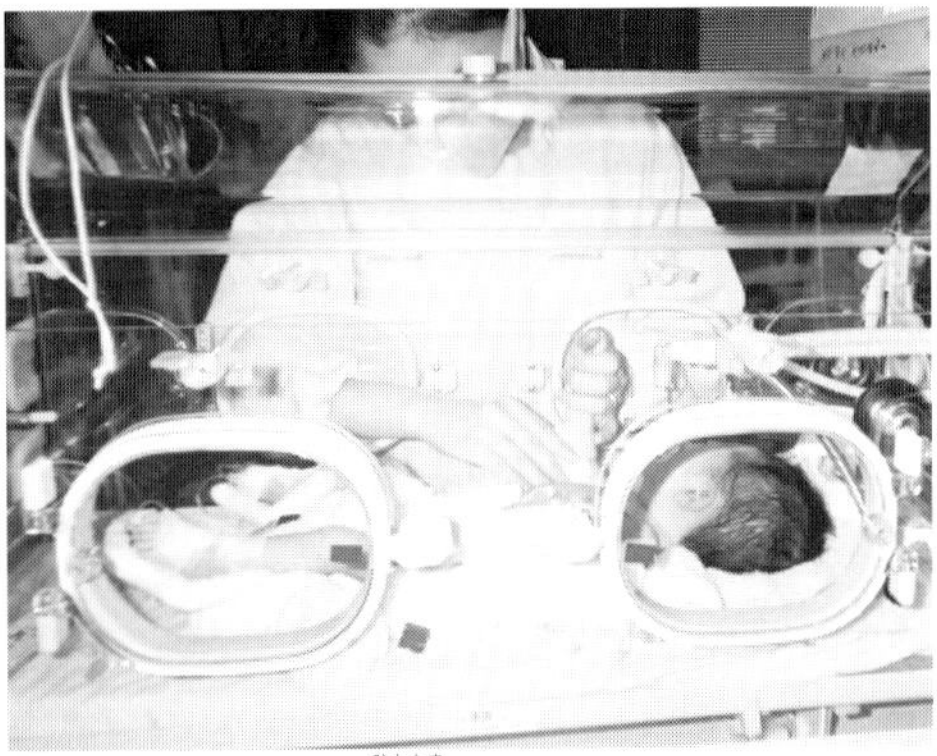

姿月との大切な日常の一時《ひととき》

ベビーセンターの皆さんに暑中お見舞いをお渡ししました。姿月のベストショットといつも姿月をお世話してくださる感謝の気持ちをいっぱい込めて作成しました。皆さん本当に喜んでくださり「大切にします」と言っていただきました。良かったです。

今日の面会時、姿月のお尻を綺麗に拭き拭きしました。青くてプリッとしたお尻、可愛いです。本当に姿月の親である喜びをお尻を見て再認識できました。そのくらい可愛い可愛いお尻でした。

そんなことばかり言っていたら、看護師さんに「はいはい」と笑われちゃいました。「人生もうどうなってもいいや」と思っていた最近の気持ちも、姿月のお尻のお陰で吹き飛んじゃいました。ありがとう姿月。

込み上げる気持ち……そして、涙

7月10日（火）

朝目覚めて、悔しい気持ちいっぱいで涙があふれだしました。どうしようもなく大声で泣き叫びました。日を追うごとに可愛さが増してくる我が子への思いが辛さを何倍にもします。

「お母さんね、あー、もうなんだか消えちゃいたいよー。しづきー……」

安心する姿月のにおい

7月14日（水）
2842グラム

私は今朝から、ふらつき、めまいがすごいです。面会に行くのも大丈夫かな？というほどしんどかったです。でも、姿月が待っている。この気持ちだけで保育器の前に行ってました。初めて姿月の体を触りながら目を閉じました。目がぐるぐる回ってました。しかし、目を開けたときに姿月の顔があるのです。姿月のにおいがあるのです。とっても幸せでした。添い寝しているような感覚になれました。首を倒し姿月の頭の位置と合わせるようにしました。目線も変わり可愛い姿月の横で、姿月を感じていられる……。しんどい私でしたが、心は最高に調子良かったです。なんでも我慢してしまう私。今日もしんどいことを悟られないようにと、看護師さんの前では元気一〇〇パーセントの私でした。

第三者の意見

心がすっとなったというか、楽になったというか嬉しい報告がありました。依頼している弁護士の先生から今回の件での報告があったのです。弁護士の先生が規模の大きな総合病院の地位のある産婦人科医師と面談し、姿月の出産時の処置に対して専門的な意見を求めた結果が記載されていました。目にしたときに気持ちが楽になったことを、はっきり覚えています。第三者が見ても、おかしいことだらけの今回の出産……。たくさんの問題点が書かれていました。私たちがわからない部分、専門的な見地での問題も挙げられていました。

私はこのことを、すぐに両親に伝えました。母は泣いていました。この涙の意味は深かった――この思いで心が少し救われました。悔しい毎日に、太陽の明るい光が差したのです。もやもやしている心のもやが、薄れました。

7月15日（木）

普通に元気な赤ちゃんの声……

今日はベビーセンターで泣いている赤ちゃんが、その声が私には辛かったです。それほど気にならないときもあるのですが……今日は駄目でした。時間になるとみんなで合唱してました。辛かった……。

姿月は、声に出せない分、データで教えてくれたり体いっぱい使って動いて教えてくれたりするのです。今日は、自分の力でうんちを出してがんばったのです。元気のない私にそんな姿を見せてくれるのです。私は嬉しくなりました。すべて伝わっちゃっていると感じました。姿月は私に「がんばらないと！」という気持ちをくれました。

母親パワーは、すごいぞ！

7月10日（金）
2846グラム

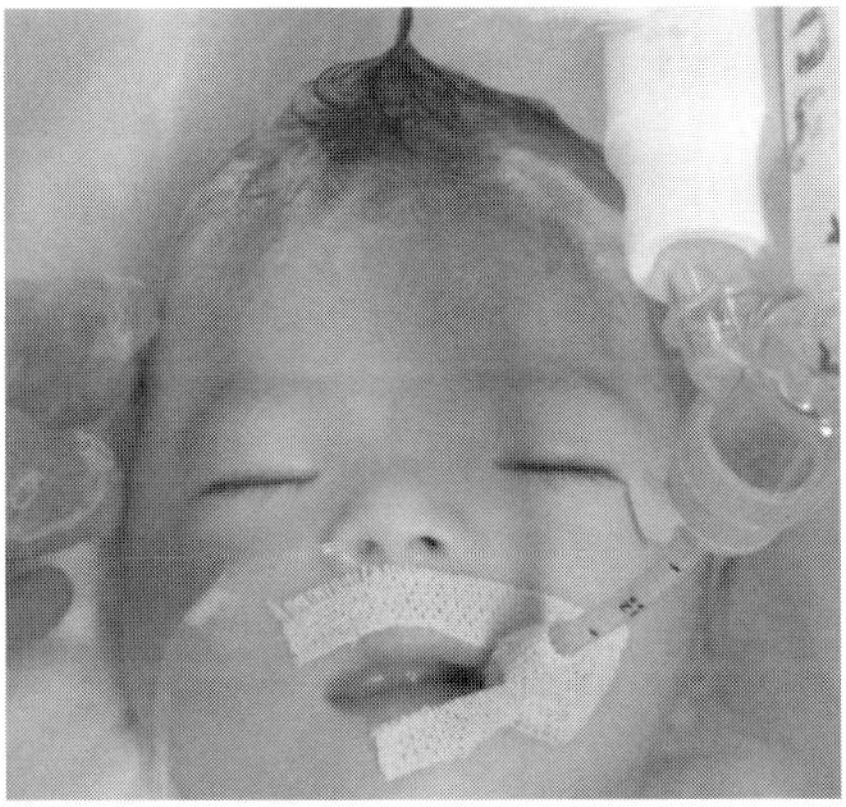

姿月の髪を洗いました。少し遊んじゃいました。へへへ

今日は、私が面会に行く前には血圧が低かったそうです。しかし、私は保育器の前に立ち声をかけ頭をなでました。そうすると、血圧が上がってきて六四―二五という数字になりました。そのままで安定してきました。

看護師さんにも、

「お母さんパワーだぁ」

と言われ喜んでいました。

安定したので頭を洗いました。姿月の頭の下に大人用の大きなオムツを敷いて、お湯を少しずつかけシャンプーをつけてゴシゴシ洗いました。私は、初めて洗ってあげられました。嬉しかったです。姿月の頭で遊んじゃいました。姿月も、あまりにも気持ち良い顔をしていたので、嬉しくなっちゃいました。ニンマリして、顔がずっと緩んでいました。一緒にお風呂入りたーいよー。我慢我慢っ。

がんばれ、血管たちよ！

7月17日（土）
生後70日

すごーいすごーい、生まれて七十日です。厳しい中、一生懸命です。今日も左足の点滴のルートが詰まってしまいました。すごくがんばっていたルートだったんだけど……。先生方は姿月に負けないくらい一生懸命にルートを探してくださってました。だから、今日の面会はほんの少しの時間で帰りました。姿月、疲れるけどがんばって。

姿月に初めて会えない日、豪雨です。大変です

7月18日（日）
大雨大洪水

びっくりです。床上・床下浸水です。災害です。みんな避難しています。姉夫婦の家も床下浸水になりました。私の家は大丈夫だったのですが、姿月の入院している病院は被災地です。そんなにすごいことになっているとも知らずに車で向かいました。どの道も大渋滞です。道路には水が溜まり、車が走れない状況です。それでも病院に向かいました。あと二分くらいで到着するというのに「ここからは無理！」と言われました。私は、

「A病院に行きたいの！」

と言ったのですが、

「あそこが一番すごいの！」

と叱られました。それでも私は聞きました。

「歩いていける？」

即答でした。

「無理っ」

とUターンを指示されました。膝上まで水が来ているというのです。

私は迷惑にならないところに車を停めベビーセンターに電話しました。半べそで、「もうそこまで来ているんですけど、無理みたいで……行きたいんですけど、渋滞もすごくて……姿月はどうですか？　大丈夫ですか？」

と話しました。そうすると、高橋係長さんは、

「お母さん大丈夫か？　すごいやろ〜。病院の前はすごいことになっているよ。今日は無理しちゃ駄目、病院の駐車場もすごいことになっているし、しぃちゃん大丈夫だから安心して気をつけて帰ってね。いつでも、心配だったら電話してくれて良いからね。しぃちゃんは大丈夫！　お利口さんにしているよ。大丈夫」

と言ってくださいました。私は、初めて姿月に会えない寂しさと、どこへ行っても通行止めや信号が消えている道路を半分自棄《やけ》になり運転しました。病院の近くに住んでいる義兄に連絡をとり、自分の気持ちを落ち着かせました。そして、義兄の運転で

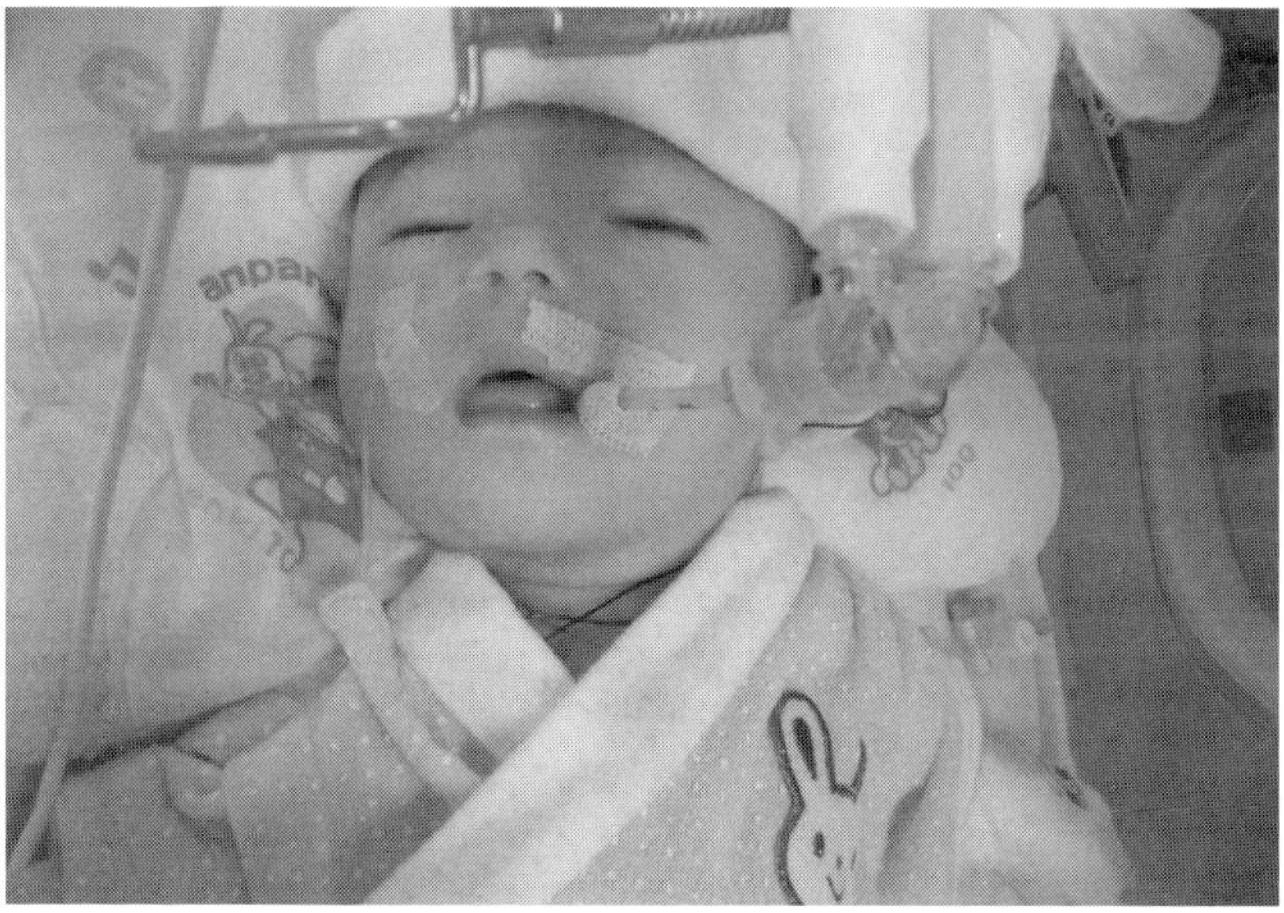

お風呂上がりのような姿月。タオル地の気持ち良い服だね

実家まで連れていってもらいました。義兄の家も大変なのに、感謝感謝でした。

そして夜べビーセンターに電話しました。姿月は安定していてお利口さんだということでした。でも、看護師さんも被害に遭われ家にも帰れず……とても大変そうでした。

そのときの病院前は、他県の警察のボートが人を乗せて避難させる状況だったようです。本当に大変なことです。私は生まれて初めて災害という、どうにもならないことに直面しました。これ以上被害が大きくなりませんように。姿月が安定してますように。明日会えますように。

必死の面会

7月19日（月）
海の日
体重測定お休み

私は朝から家を出発して病院に向かいました。行けるかどうかも定かではない中、家にいるより運転していたほうが落ち着けたので向かいました。でも案の定大渋滞でした。いつも五分で行ける場所まで一時間はかかりました。道路はドロドロで行き交う車が茶色の泥色になっていました。病院の近くまで来ても、

「ここからは駄目！」

と警備の人に言われました。でも私は大きい声で、

「A病院に行かないといけないのっ」

と訴え、通してもらえました。しかし、駐車場も水は引いたもののすごい状態でした。病院の敷地に入っても大渋滞でした。でも、ここまで来られたこと、姿月に会えることで妙な充実感がありました。結局四時間くらいかかり病院に着きました。

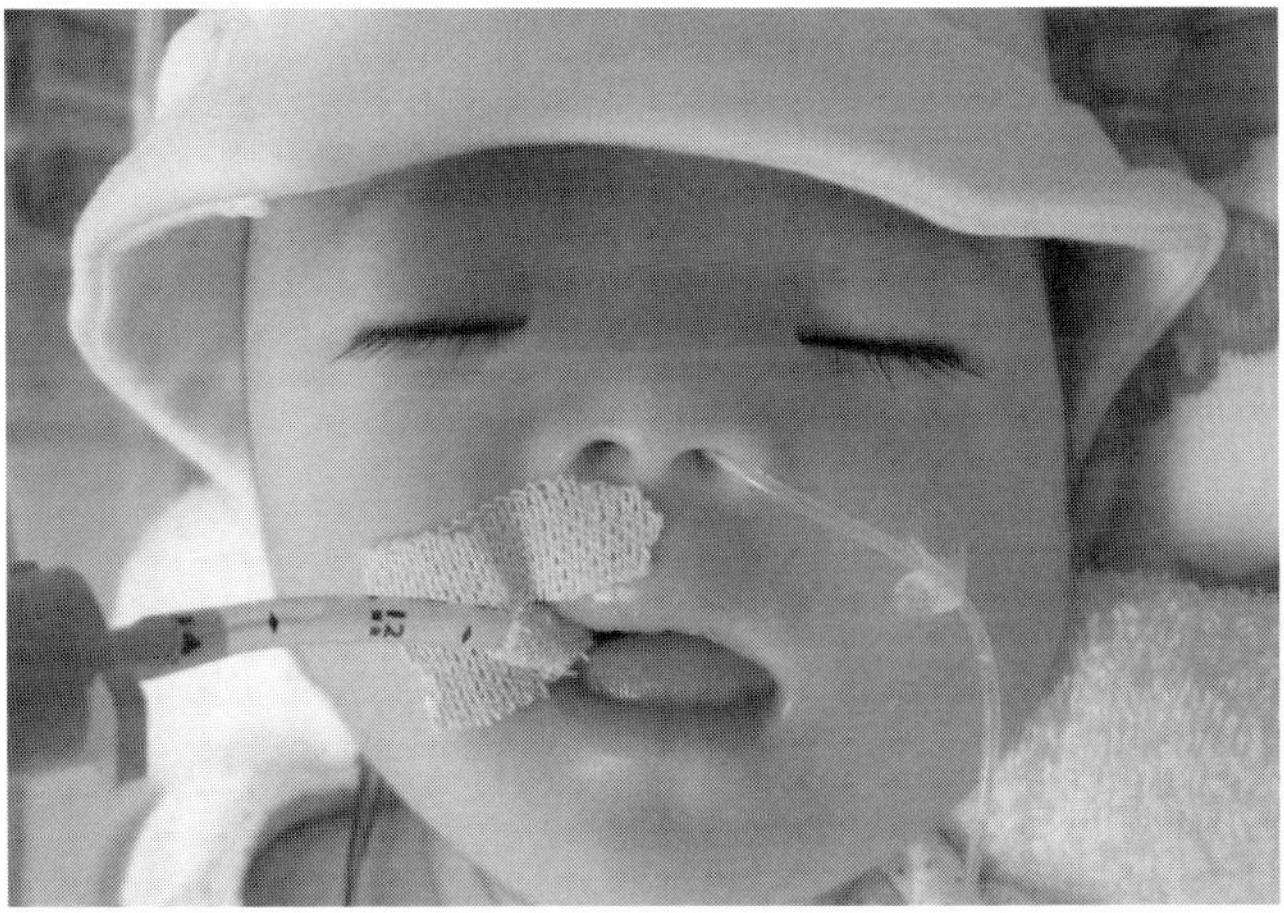

大・大・大好きな姿月の表情です。「お母さん！」と呼んでいるみたいで……

ベビーセンターの中に入ると声を揃えて皆さんが、

「お母さん、よく来られたね～。すごかったやろ～。どのくらい時間かかった？しぃちゃんのお母さんは絶対にどうやってでも来ると思っていたけどね」

と言ってくださいました。看護師さんたちのほうが、ご自分の家のこともあるのに、この一番すごいところに出勤しているのです。頭が下がる思いでした。ずいぶん歩いて病院に来られた看護師さんもいらっしゃいました。大変な中、いつもと変わりのない温かい姿月のお世話、本当に感謝の気持ちでいっぱいでした。昨日、会えなかったけど良い子にしていてくれたみたい

姿月のための酸素。ありがたい

です。少しだけ痙攣があったようですが、すぐに治まったようです。本当に偉かったね。

そして、姿月の保育器の横には大きな大きな見慣れない黒いものがありました。聞くと姿月のための緊急用の酸素ということでした。準備万端です。停電になったりしたときのために備えているのです。小さい酸素も四本ありました。姿月は、何が起きているの？　という顔をして眠っていました。私は、お昼の面会から夜の面会までは家に帰らずに病院のロビーで過ごしました。近くに姿月がいる。それだけで気持ちが楽でした。夜も交替の看護師さんがかなり早目の出勤でした。

「お疲れ様です」

この言葉が自然に出ました。病院の四階から下の道路を見ると綺麗な赤いブレーキランプがどこまでも続いていました。あまりにも綺麗でした。

心臓の働きが奇跡

7月20日（火）

今日も家を早くに出発しました。しかし、昨日以上に通行止めや大渋滞でした。復旧作業をしているためです。瓦礫を運んだり泥をとり除いたり、家の畳を外に出していたりたくさんの人が作業してました。そんな様子を見ながら、

「A病院に行きたいのです」

と伝え通行止めのところを通らせてもらい病院に入りました。今日も三時間くらいかかりました。

和田先生と話をしました。洪水の話から姿月の今の状態まで、たくさん話しました。

「もう二カ月以上になるしぃちゃんの心臓の働きが奇跡です。ずーっと、動け動け、がんばれがんばれと言われて走り続けている心臓はすごいよ、お母さん。でも、血管

が細いというか……修復再生する力がどうしても弱いから、点滴のルートでは困っているけど、がんばります。精一杯小児科医みんなでがんばりますから」

と言っていただきました。

姿月は余力が少なくなっているのです。母乳は注入されて体に入ってはいるものの一日一日を生きるための栄養で、蓄えられる力も今の姿月にはないのです。これが現実です。理解はできるけど、辛い現実です。しかし、姿月は世界一幸せ者だと思いました。会話の中でわかったことですが、洪水の被害のすごい中、先生たちは「大丈夫か?」と連絡をとり合ったそうです。そうすると、そのほかの先生方が和田先生に、「それより、しぃちゃんの点滴大丈夫?」と言われ、姿月の話になったというのです。こんなに嬉しいことはありません。こんなに先生方、看護師さんに思われている中で生きている姿月は、私が羨ましいくらいの幸せ者です。

姿月は今日から母乳の量が増えました。一〇ミリから一五ミリリットルを八回になりました。吸痰をすると少し酸素が下がることもありました。でも、すごくがんばっています。先生と保育器の前で話しているとき、姿月はずっと安定していました。がんばれ姿月、奇跡を起こして。奇跡よ起きろ。

癒しの場所

7月21日（水）
2880グラム

かなり復旧活動も進み道路の大渋滞は、収まって来たようにも思えました。しかし、いつも十五分のところ、二時間はかかりました。

姿月の体を綺麗に拭きました。肩、手、顔、背中、足が綺麗になりました。左足がやや腫れているようにも見えました。不安です。看護師さんも、

「ん～、少し腫れているかもしれないね」

と言っていました。おしっこは出ているようなのですが……。


姿月が生まれて七十四日が経った。どうして私は我が子を抱くことができないの。辛いのは私だけじゃないと頭ではわかっている。でも、私が一番辛いと

叫びたい。ベビーセンターにいるときは幸せだ。姿月のことだけ考えられる。夫ともぶつかる気持ち。その日一日を一生懸命に生きている姿月に怒られそうだけど、疲れた。何か神様が叶えてくれることがあるとしたら、姿月と私を代えてほしい。姿月に大声で泣かせてあげたいから。

保育器から外に出ている姿月にキス

7月22日（木）
2870グラム

今日はお昼の面会時、姿月が保育器の外に出ていました。点滴のルートがとれるかどうか……先生方ががんばっていてくれました。ちょうど私がベビーセンターに入ったときに休憩時間となったため、会えました。それも、いつもの保育器に入っている姿月ではなく、抱きしめられるくらいの近さでした。予想もしていなかっただけに、私ははしゃいじゃいました。マスクを外して、キスもたくさんできたし、何より、近

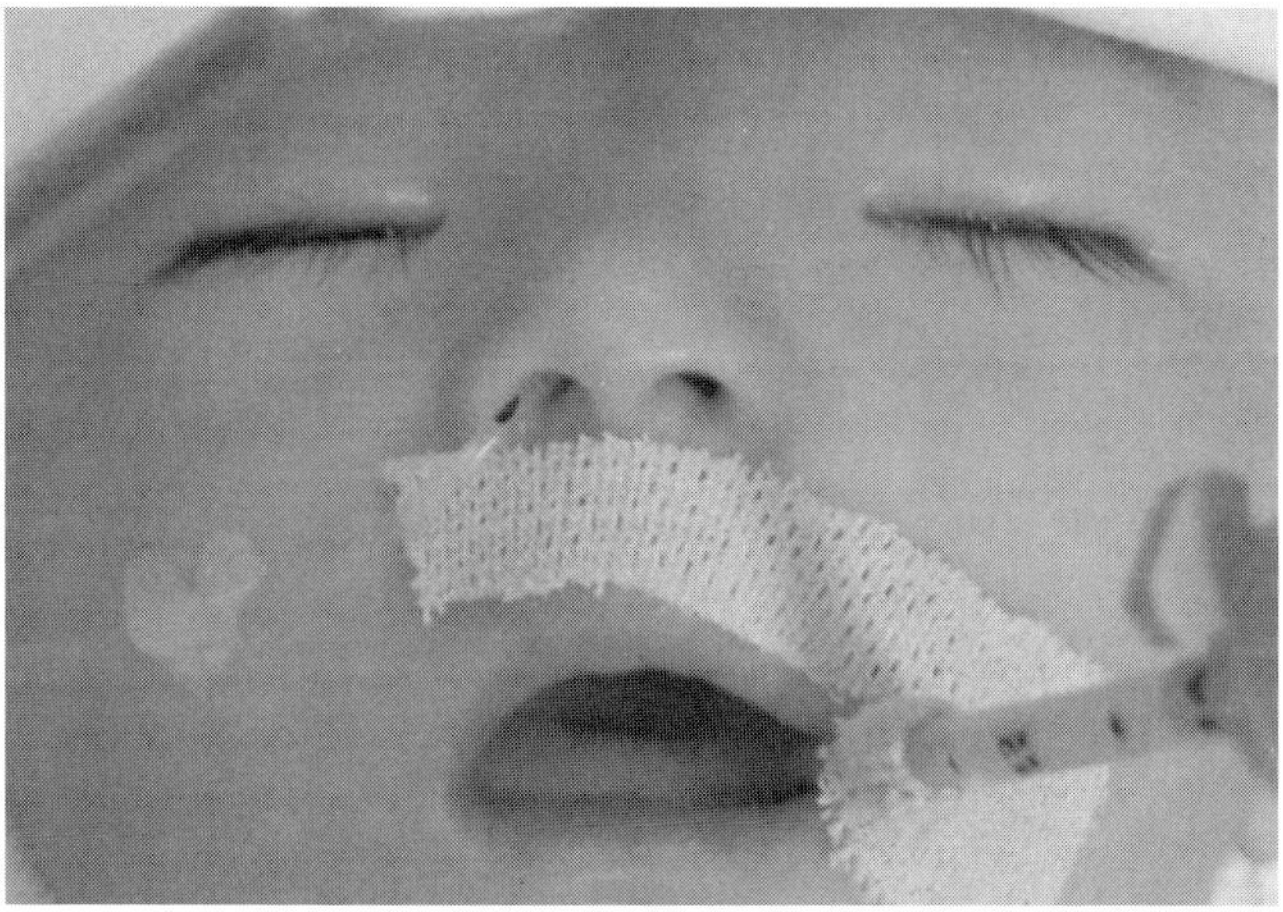
看護師さんがハート型に可愛く切ったテープを貼ってくれました

かったから嬉しかった。このところ抱っこもできなかったので、初めて抱っこできたときくらいの感動がありました。最近私は考え込むことばかりで、心がいつも泣いています。でも、姿月に会えると心が笑うのです。いつも不安いっぱいの心が笑うのです。私は、姿月に助けられています。夫との仲もイマイチすれ違い……辛い気持ちは悔しい気持ちは同じなのに喧嘩になってしまうのです。

7月23日（金）

がんばった血管。がんばっていただいた先生方

やったーやったー、点滴のルートがとれたー。先生方ありがとうございました。ありがとうございました。姿月、良かったね、偉かったね。姿月、良かったね。あー、お母さん嬉しいよ。今日は体温が低いから、お母さんがポカポカにしてあげるからね。

動いてくれる幸せ

7月24日（土）

今日は姿月の保育器と同じくらいの気温です。すごく暑いけどとても天気がいいです。外は水害のあと始末で大変そうです。ふう。すごいすごい、姿月が安定しています。母乳の量も二〇ミリリットルになり、残も少なくて本当にびっくりです。偉いね姿月。たくさん栄養つけるんだよ。今日はお母さんの大好きな可愛い服を着せてもらったんだね。お似合いです。お散歩ルックと看護師さんも呼んでくれています。いつか必ずお天気のいい日にお散歩しようね。そして今日は、姿月の足の裏を指で触ってみたのですが、くすぐったいような感じで動いてくれたのです。何かを感じてくれているんだと実感できました。

私の仕事

7月25日（日）
晴れ

今日は私の希望で目を潤す薬を出してもらえました。涙の成分と同じ薬で、さっそく姿月の目にさしてみました。目が潤い気持ち良さそうでした。姿月の目はまつげがとても長く、とっても可愛いのです。だから、いつでも綺麗にしておいてあげたいし、右目が乾き気味になるからその予防にも本当に良かったです。今日から、私の仕事が一つ増えました。姿月のために何かができる！　こんなに嬉しいことはありません。姿月、お母さんにたくさんのお仕事くださいませ。

7月26日（月）
2896グラム

お持ち帰りしたい姿月の垢

姿月は今日も可愛い顔でした。今日は右足を綺麗にちゃぷちゃぷと洗いました。気持ち良さそうでした。垢がたくさ～んお湯の中に浮きました。

7月27日（火）
生後八十日

愛情・栄養たっぷりの母乳

最近母乳がよく出るのです。ちゃんと三、四時間おきに絞っているからだと思うのですが、がんばって母乳を絞ることしか私にはできないから、がんばらないとね。そして、母乳の量は過去最高の二五ミリリットルとなりました。けれども、もう少し量を増やそうということになりました。でも、昨日の夜酸素飽和度が二〇パーセントまで下がっちゃったので……心配もあるので延期しようということになりました。

今日は大好きな看護師さんによる姿月の垢すりエステの日でした。驚くほどのピカピカで姿月も気持ち良さそうでした。そして、楽しい会話の中でエステ代は自費で一万円ということでした。大笑いしました。ありがとうございました。

今までにない母乳の量

7月28日（水）
3004グラム

面会のときレントゲンと採血があり、初めて採血をするところを見ました。今日はなぜか酸素飽和度、脈拍数が不安定なのです。しかし、私が行ったとたん、酸素飽和度が九〇パーセントから一〇〇パーセントになり、一五〇もあった脈拍も一二一くらいになるのです。私を感じてくれていると強く実感できました。少し不安定で熱も高い姿月ですが私の母乳だけはしっかりと体に入れてくれるのです。そして、その量は三〇ミリリットルとなりました。今までにない量です。三〇ミリリットルを一日八回です。すごいすごい。すっご〜い。

二〇〇パーセント全速力

7月29日（木）
曇り

面会時、姿月の状態が良くありませんでした。吸痰するといつも一〇〇パーセントある酸素飽和度も八〇パーセント台前半まで下がってしまいます。でも、ものすごくがんばっていました。

姿月、お母さんの愛が伝わっている？　伝わっているよね。いつもお返事してくれているもんね。足と手と首を動かして、いっぱいお返事してくれているもんね。一生懸命にお返事してくれてありがとう。その小さな体でいっぱい動いてくれる。本当に嬉しいよぉ。ありがとう。

後悔したくない気持ちを、覚悟して話す時間

7月30日（金）
晴れ
3084グラム

夜の面会時、和田先生が来られました。夫と私に忙しい時間を割き話をしてくださいました。このときの話の中にも〝奇跡〟という言葉を出してくださいました。厳しいことをたくさん聞いていても、この言葉が何よりも私の励みになるのです。先生の目標は、母乳四〇ミリリットルを一日八回入れることだと聞きました。なんだか、姿月がどんどん元気になれるような気がしました。

そんな中、前々から心にあった私の思いを高橋係長さんにお話しさせていただきました。その内容とは、

「姿月がもし天国へ行くようなことがあったときの話なんですが、管もすべてとれて点滴もとれたときにお風呂に入れてやりたいのと、姿月を思いっきり抱いてやりたいです。親子の時間を持たせてほしいのです。家に連れて帰ったとしても、いろいろバタバタしてしまうだろうし……、この腕の中で抱きしめて目を閉じ姿月を感じていたいんです。後悔しないためにも今安定しているときにお伝えしてご相談したかったんです。後悔はしたくないから……」

というものでした。係長さんは、

「お母さん、もちろんお風呂も入れてあげるし、その気持ちは十分わかるから……その時間持てるように話し合っておくね。ちゃんと、お母さんの気持ちはわかったからね。大丈夫。偉いね、お母さん。まだ、何か思うこと、してあげたいことあったら言ってね」

と言ってくださいました。

そして、私を抱きしめてくれました。一緒に泣いてくれました。本当は考えたくもないことだけど、後悔をしたくないから！　今日はお昼の面会時、姿月の頭を洗髪したし、親子ともども気持ちのいい一日だったね。しぃちゃん。

7月31日（土）

台風接近

姿月のときは……

今日は、お昼の面会時ベビーセンターが大忙しででした。今日三十一週で生まれた赤ちゃんの処置をされていました。和田先生や担当の看護師さんが、

「バタバタしてお母さんごめんね。今日は本当にごめん」

と言われ、その子の処置についていました。私は、姿月を見ながらその光景を見ていました。次第に私は姿月のときとだぶらせて見ていました。きっと姿月のときにはもっともっと大変だったんだろうなぁ。一生懸命の体制を見て……姿月にすぐこういう体制で処置してもらっていたら、ああ……。でも、姿月が運ばれたときには夜中の三時くらいまでかかっての処置だったようで、今日の光景を見て頭が下がる思いもあり、胸が詰まりました。

そして昨日、高橋係長さんに先日の返事をいただきました。

「しぃちゃんはお母さんが抱っこしてお父さんの運転する車で退院できるから、病院で大切な時間過ごすより、今お母さんたちの寝ているベッドで大切な時間過ごしたら良いんじゃないかな。きっとみんな理解してくれるし、しぃちゃんも嬉しいと思うしね。ん〜、考えたくないけどね、お母さん」

私は、心から嬉しかったです。

手段として……皮膚を切り直接血管に……

8月1日（日）

大阪の千羽鶴を折ってくれた友達が、姿月に会いに来てくれました。本当に気持ち良さそうに眠っているだけにしか見えない！　と言っていました。そうなんだよなぁ。

でも、今日は姿月の足の腫れが気になりました。やっぱりでした。友達を駅に送り、夜の面会に行ったときに和田先生がいらっしゃいました。昨日生まれた子の処置をしているんだろうな、と思い、挨拶をして姿月のもとにと思っていました。しかし……。先生は姿月の処置のためにいらっしゃったのです。点滴が漏れ、一本のルートから点滴を入れている状態になってしまいました。ということは、自ずと別のルートを探さなくてはいけないということです。先生の話を聞きました。かなり、大変な状況になっていて、今麻酔科の先生にお願いしているということでした。お母さんが見られる状態ではない……。そして、最終的にこれでも入らないというときには、外科の先生にお願いして……皮膚を切り直接血管に入れるような処置（カットダウン）になると言うことでした。

そのときには、先生に迷わず、

「お願いします」

と言ったものの、面会できずに帰る車の中で、

「そんなに辛くて痛い思いばかりさせていいものか？　姿月にこれ以上がんばらせていいものか？」

と、ものすごく複雑な思いになり、いても立ってもいられなくなりました。それで

いいのか……。姿月がいなくなるのは堪えがたいことだし、辛い。でも、それで母親の私は間違っていないのか？　私はどうしたらいいのか？　この気持ちを、姉夫婦に聞いてもらいました。すると、

「すべて先生にお任せして、できる限り、後悔のないようにしてもらったらそれでいいし、気持ちもわかるけど、姿月はがんばってるんだから」

と言われました。

そして、時間が過ぎ……病院に電話をしました。高橋係長さんが優しく電話に出てくれました。そして、和田先生と代わりました。話を聞きました。別のルートは見つかりませんでした。厳しい状態の血管だったようです。和田先生もその血管を見てショックだったと話されました。小児科の先生を始め、麻酔科の先生、外科の先生、ベビーセンターの看護師さんが一生懸命に姿月のために時間も忘れ処置してくださったのです。

遅い時間にもかかわらず面会させていただき、姿月の意外に色艶のいい顔を見ることができました。そこで、和田先生と話をしました。先生は、小児科の医師になったときに決めたことがあったそうです。それは、どんなにリスクを負った子でも、世間

から可哀相と思われるような子であっても、医師の仕事はできる限りのことを精一杯してがんばらせてあげること、何とか……その子のためにやり遂げるということでした。そして、姿月に残された最終的な、血管がとれないときの処置、というか道は、骨髄に針を刺してそこから点滴をするということを知りました……。

戸惑い迷いました。……。先生は私の気持ちを悟り言いました。

「お母さんを説得してでも姿月ちゃんがこれからどれだけがんばれるか、やるだけのことはやらないとね！」

その言葉を聞いたとき、私の迷いはなくなりました。姿月の力がどれだけあるかは見当もつかないけど、六月二十一日以来言えなかった「がんばれ」と励ます言葉をかけていこうと決めました。

しかし、帰りの車では、不安……いろいろな思いでいっぱいでした。そんな中、姿月が生まれた病院の人たちはこんなに一日一日を必死に生きている私たち家族の思いなんてわからないだろうなぁ、と思えてきて、悔しさが込み上げてきてしまいました。

母としての迷い

8月2日（月）
3162グラム

眠れない夜明けでした。一旦決めた気持ちに迷いがあったからです。母親として姿月の声をちゃんと聞いてやりたい。麻酔なしでカットダウン……。痛いに決まっている。姿月は「痛い」と泣けない叫べない、辛さを訴えられないのです。でも、きっとお母さん痛いよ、怖いよ、助けてよ、と言っているのではないか。そうに決まっている。なんて可哀相な思いをさせてしまったのか。そんな姿月にもっと痛い辛いことをさせてがんばらせていいのか。辛いこと痛いことをしてほんの少ししかつながらない命であれば、ゆっくりと休ませてやったほうがいいのではないか？　安らかに気持ち良さそうないつもの姿月の顔で天国に送ってやればいいのではないか？　骨髄に針を立てて……なんて、考えられない!!　和田先生にお願いして、そのような事態になっても、その最終手段はやめてもらおう。そうしよう！　私は、母親として、姿月のたった一人の母親として、間違ってはいない。そう、姿月も望んでいるに違いない。そう心に決め面会に行きました。

姿月は、「何があったのお母さん」というようにいつもとなんら変わらない可愛い顔をして眠っていました。ただ、両足にはガーゼが当てられていたため、痛々しい姿でした。点滴を入れるルートが一カ所だけのせいか、姿月の保育器にいつも四方八方から伸びていたたくさんの管がすっきりしたように感じました。本当に一カ所、右腕しか血管がとれていないのです。姿月の命綱です。私は、右手を触れませんでした。この点滴が漏れ出したら……。考えると涙があふれ、鼻水がマスクを濡らしていました。そして、家に帰り夫と相談しました。しかし、夫は即答でした。できる限りのことを先生にお願いしようというものでした。

私たちは、複雑な思いのまま夜の面会に向かいました。そして、和田先生、高橋係長さん、私たち夫婦で話をしました。

まず先生は、姿月がA病院に運び込まれてきた状況から話してくださいました。姿月の生命力は考えられないくらい素晴らしい。そして、生後三カ月を目の前にして正直血管でこれだけ悩むことになるとは思ってもいなかったし、血管がとれなくて最悪の状態になるのだけは、医師として避けたいことであるし、最後まで最善を尽くさせていただきたい！　と……。私たちの思いを聞かせてほしいと言われ、私が答えました。涙声になりながら気持ちを落ち着かせ、

「複雑な思いです」

と言いました。私の気持ちを理解してくれていました。そして、夫が話しました。家で話したように、

「先生、僕は即答でした。できる限りのことをお願いします」

と頭を下げました。

私は、それでも迷いがありました。けれども、係長さんは、

「やり残した……という後悔はしたくはないよね。どんな選択にも後悔はつきものだと思うの。それならば……。後悔しないためにもやれることをやろう。しぃちゃんもお母さんの気持ち、ちゃんとわかっているからね」

と言ってくださり、正直それでも一〇〇パーセントうなずけない選択ではありましたが、私も「お願いします」と頭を下げました。

そして、私たち夫婦がしっかりしているから逆に心配なんですと、言われました。

先生からは、小児科医になってたくさんの親御さんを見てきている中で、これほどまでにしっかりした親を見たことがない。と褒めていただきました。私は答えました。

「ものすごく感情的になるんです、でも、姿月に面会しているとき、皆さんの中で楽しく会話しているとき、そして姿月のために精一杯の処置をしていただいているときは、ありがたい気持ちでいっぱいなんです。すごく楽で幸せなんです。でも、家に帰ったりすると出産した病院に対しての悔しさが込み上げ泣きじゃくり、どうしようもない状態になるのが毎日なんです。日に日に姿月が可愛いと思える反面、悔しい気持ちも募るんです。もし姿月が天国に行ってしまうようなことになったときには、私からこの病院に来る習慣がなくなってしまうということになるんです。そのときに私自身立っていられるかが……自信ないんです。だから、私はしっかりなんかしていないんですよ。ただ、ここが好きなんです。先生方にも一生懸命にしていただき感謝の気持ちでいっぱいなんです」

と話しました。

先生は、

「医師や看護師さんにどんな細かいことでも言ってもらっていいですからね」

と最後に言ってくださいました。私は、

「お願いしたいことがあります。六月十六日から抱っこできてないので、姿月の状態の安定しているときに抱っこがしたいです」

と言いました。そして、決まりました。明後日の水曜日に抱っこができることになりました。こうして、約一時間の話は終わりました。

抱っこしたいの！

8月3日（火）

約束の抱っこの日が明日になりましたが、姿月の状態が今日の夜から良くなくて……担当の田島看護師さんに抱っこを見合わせたほうがいいとアドバイスされました。しかし、私の気持ちは「はい、わかりました」とは行かず、考えました。もしかして、最後の抱っこになってしまうかもしれない。姿月だって私に抱っこされれば元気になれるかも。そんな、やわな姿月じゃない。でも、もし抱っこしているときに状態が悪くなったら……。看護師さんは、私の気持ちを十分にわかった上で言ってくれている。「明日の状態を見て」と答えました。気持ちが辛くて……、うつ状態です。ケア計画表に夫が記入しました。
「いつもありがとうございます。明日の抱っこの件は、姿月の状態を優先させていただければよろしいので……中止のときには遠慮なくおっしゃってください。父・母より」

8月4日（水）
体重測定お休み

一日も長く見ていたい

朝です。涙が、涙が止まりません。二人して止まりません。抱っこしたい……。とってもしたい。でも、……姿月の状態が……。

抱っこしないと私たち夫婦で決めました。夫は、面会に行く際に、

「無理はしないでください」

と初めに言うと、私に言い聞かせました。私は、今日の姿月の顔を見て決めようと思いました。姿月は、

「お母さんどうしたの？　大丈夫だよ」

という顔をしていました。とっても、可愛い顔をしていました。この顔を一日も長く見ていたい、見ているだけでいい、そんな思いで今日の抱っこは諦めました。係長さんは私を慰めてくれるかのように、可愛い可愛いキティちゃんのふかふかシールを持ってきてくださいました。

「お母さん、しぃちゃんのテープのとこに好きなの貼って可愛くしてあげよう。選んで貼ってあげて」

と言ってくださいました。嬉しかったです。

歯を食いしばりながらの辛い面会時間

8月5日（木）

今日の夜の面会のときベビーセンターが慌ただしい様子でした。どうやら入院の赤ちゃんがいるようです。その赤ちゃんは、生まれたときの状態が悪かった様子で、元気に泣いている赤ちゃんを見て、すごくほっとしてそのお母さんは泣いていました。その光景を遠目に夫婦して見ていました。その面会が終わったあとで思いが込み上げてきました。そのお母さんが母乳をあげている様子、喜びのあまり泣いている様子を見て羨ましくなりました。ずっと、心の隅に追いやってきた思いが風船のように膨らんで破裂してしまいました。

夜の面会時、私たち夫婦はずっと辛い時間を過ごすことになりました。ベビーセンターの赤ちゃんの人数が増え、姿月の保育器の後ろにも赤ちゃんが来ました。もちろん、すぐ傍で元気な泣き声を上げる子のお父さん、お母さん、違う子のお母さんが仲良く自分たちの赤ちゃんの顔の話やいろんな話をしていました。いつ退院するのか……元気になって家に帰れるのは当然のことなのでしょう……。私は、涙がぼろぼろ床に落ちていました。夫は、涙をこらえるのに必死でした。何が悪い誰が悪いというわけではないのでしょうが、病院から帰る車の中で二人で声を出して我慢せず泣きました。私たちにはしたくてもできない会話……。できるならば明日、看護師さんに場所の移動をしていただけないか相談しよう。姿月ごめんね。お母さん元気なかったね。明日は、笑顔だからね。

看護師さんへ涙の訴え

0月0日（金）
3154グラム

面会に行くのが初めて苦痛でした。悲しい……。姿月には会いたいけど、辛い。胸の内にある気持ちを、田島看護師さんに聞いていただきました。お願いしました。「姿月の保育器の後ろに赤ちゃんがいるのは辛い……」ということを……。看護師さんみんなで謝ってくれました。夜の面会のときには、赤ちゃんの場所も変更してあり嬉しかったです。ほんの少しのことで微妙に揺れ動く自分の気持ちに不安になります。

願望が夢に

8月7日（土）

今日の夢に久々に姿月が登場したよ。嬉しくて嬉しくて!! それも、今までとはまったく違う夢でね。うふふ。内容は、姿月が自分で人工呼吸器を外してしまい、それを私が見つけ、

「しぃ、大丈夫か？　大丈夫か？」

と言っていたら、なんと可愛い声で泣きだしたのです。初めて姿月の声を聞きました。正確には夢の中の話ですが、ものすごく心まで笑顔になってしまいました。とっ

ても、元気良くて、何とも言えない声でした。そして夢の続きですが、和田先生を呼び、

「先生、姿月が自分で呼吸してるんです」

と伝えると、先生は、

「じゃあ管もすべて外せますよ、お母さん」

と言って何もついていない姿月を抱きしめているという夢でした。姿月がなんと言葉を言っていたのか覚えていないのが残念です。姿月の声、私の願望が夢になったのでしょうか。ふう。

抱きしめたい……

0月0日（日）

姿月が生まれて、三カ月が過ぎました。ただ一言、

「姿月、偉いね。ありがとう」
そして、思いっきり抱きしめてやりたいです……。この腕で。今日は、いつもの姿月のいい顔、ピンク色の顔に戻りました。ほっ。

姿月の気持ちがわかるの……

8月9日（月）
体重測定お休み

三カ月か～。すごいな。しかし、バンザイと体全体では喜べないのです。姿月が、と言っているのです。そう、今日の面会で伝わってきました。いつもと唇の色が少し違いました。体がむくんでいるようにも見えました。姿月、もう疲れたの？　がんばれる？　お母さん代わってあげたいよ。姿月、お母さん姿月に命あげたいよ。

「お母さん辛いよ」

姿月からのＳＯＳ

8月10日（火）

昼の面会のとき、びっくりしました。姿月の顔が「辛い」と訴えていたからです。ぱんぱんに腫れ、「助けてお母さん」と伝わってきました。私は、ずっと姿月の頭と足を触りながら話しかけました。朝から調子が悪く……看護師さんは一分と姿月のもとを離れられない状態だったようです。しかし、私が行ってからの二時間くらいはアラームも鳴らずに安定していました。看護師さんは、

「だから、お母さん待っていたんですよ（笑）」

と言ってくれました。姿月は私がいると安定するのです。素直に嬉しいです。姿月が私をお母さんを感じてくれている！　声が聞こえている！　和田先生も、

「あれっ、良くなっているね。お母さんいるときは違うね」

と笑顔で言ってくださいました。

そして、夜の面会のときまたもやびっくりでした。姿月の顔が笑っているのです。「辛い」という顔から「えへへ」という顔になっていました。腫れも若干引いたようにも見えました。その明らかな違いを見て、姿月のがんばりに改めて感心させられました。笑い顔の姿月にニンマリ顔の夫を見ていて私は幸せでした。

受け止めたくない現実

8月11日（水）
体重測定お休み

姿月の厳しい呼吸器設定は理解しています。それにより姿月の容態も厳しいということはちゃんとわかっています。しかし、諦めることはしないと決めました。姿月のちょっとの変化でもちゃんと気づいてあげるのが母親としての務めです。

姿月、お母さんこんなかっこいいようなこと言っているけど、本当はもう駄目かも。ごめん。現実を受け止めたくないの。姿月に死があることを考えたくないの。どうにかして、一生一緒に過ごせないものか、このままでもいいから……。

病院からの連絡

8月12日（木）

朝からなんだか姿月のことが気になり、病院に電話しようかどうか悩んでいました。電話であまり良くない状態を聞いても……面会までの時間がじっとしていられないだろうし……連絡がないのはいいに決まっている！　大丈夫だ！　と思っていた矢先、ディズニーの着信音が鳴りました。A病院からの着信音は姿月に聞かせている音楽と同じ、ディズニーにしてあるのです。和田先生より、

「姿月ちゃんの容態が悪いから、お母さん病院に来てください」

という内容でした。震える手を胸の前でぎゅっと握りしめ祈りました。

姿月のもとに急ぎました。そして、先生より話を聞きました。見る見るうちに顔の

色もなくなり……血圧も低くなるばかりで、とりあえず大変な状況だったのです。でも、和田先生を始め小児科の先生方、看護師さんに助けていただきました。挿管チューブを入れ替え、吸痰して、アンビューでしばらく助けてもらい、どうにか顔色も戻ってきました。体の中の酸素はすぐに低くなってしまう……そんな中でも一生懸命がんばっていました。きっと、寂しくて面会の時間よりも早くお母さん、お父さんに会いたかったんだね。先生や大好きな皆さんに甘えたかったんだね。姿月には泣いたりする表現方法はないのです。だから、データまで落として叫んだんだと思いました。姿月、大丈夫か？　全然寂しくないからね。ずっと姿月を見ているからね。

今日は、精神的に辛い日でした。いろいろ考えたし疲れました。姿月、明日も姿月の可愛い顔を見たいです。

血管が見つかった！　飛び上がり喜ぶ心

8月13日（金）
3296グラム

眠れず朝を迎えました。姿月の心配と出産した病院と医師への腹立たしさ、たまらない思いでいっぱいでした。そうしているうちにもおっぱいを絞る時間になり、時間が過ぎていきました。そして、ディズニーの着信音が鳴りました。ドキドキしました。出てきたのは明るい声の高橋係長さんでした。私には悪い知らせではないことがすぐにわかりました。

「お母さん、いい知らせですよ。しぃちゃんの点滴を入れる血管見つかりましたよ。先生方ががんばってくださって、そしてしぃちゃんもがんばってね。お母さん心配だったら、いつでも来てね」

という話でした。言葉に表現できないくらいの気持ちでした。和田先生にも電話を代わっていただき、「ありがとうございました」の気持ちを伝えました。厳しい姿月の状態の中でも、がんばっていただいた先生方、ベビーセンターの方々、そして姿月に、私は感謝の気持ちでいっぱいです。もし、今がつかのまの喜びであっても……この今の喜びは忘れないでしょう。本当に表現できない気持ちでした。

全力で走り続けている姿月

8月14日（土）

ギリギリのところで全力疾走している姿月を抱きしめられない、そんなこともできないのです。母親として一日二回の面会だけで、姿月に何かできているのか？　辛い思いをさせているのも私が悪い……。あの病院で産むことを決めたから……。あ〜、今日は疲れました。私は、駄目です。姿月、ごめん。

生きて、お願い姿月！

8月15日（日）

明日がいよいよ姿月のお宮参りに行く日です。……の予定でした。でも、ベビーセンターでお祝いしようね。可愛いドレスも着ようね。いつも面会が楽しみだけど、明日は特別です。二、三日の命と言われていた姿月が、生後百日を迎えることができるのです。神様、嬉しいです。お願いがあります。姿月を元気にしてください。たとえ目が見えなくても歩くことができなくてもいい、生きていてほしいのです。ずっと、触れていたいのです。歌を歌ってやりたいのです。どうかどうか、お願いします。約束ですよ。姿月を生かしてください。お願いします。

がんばれがんばれ姿月の血管。頼む血管がんばれ、姿月を助けてあげて。

よくがんばったね、生後百日

8月16日（月）
生後100日
3212グラム

先生方、看護師さんより寄せ書きをいただきました。とっても可愛くて思わず涙があふれてきてしまうほど、とっても思いのこもった寄せ書きでした。担当の田島看護師さんが作ってくれました。なんとお礼を言えばわからないくらい幸せな気持ちになりました。姿月、お母さん幸せ者だよ！　こんなに良くしてもらって、思っていただいて、姿月も嬉しいね。姿月も辛い思いばかりしているけど、幸せだね。生まれてからずっと見守ってお世話してくれている人たちがいて、お父さん、お母さんがいて、幸せ者だね。

姿月、百日おめでとう。よくがんばったね。ばあちゃんも今朝お赤飯炊いてベビーセンターに持っていったんだよ。初孫の百日は特別なんだって。姿月、生まれてきて良かったよね。みんなに愛されて、お母さんにもこんなに素晴らしい出会いをくれた

祝
姿月ちゃん
生後100日目
お世話になった先生方から
メッセージ

生後100日をお祝いしていただきました。小児科の先生方、ベビーセンターの看護師の皆さんの心温まるメッセージに胸が熱くなりました

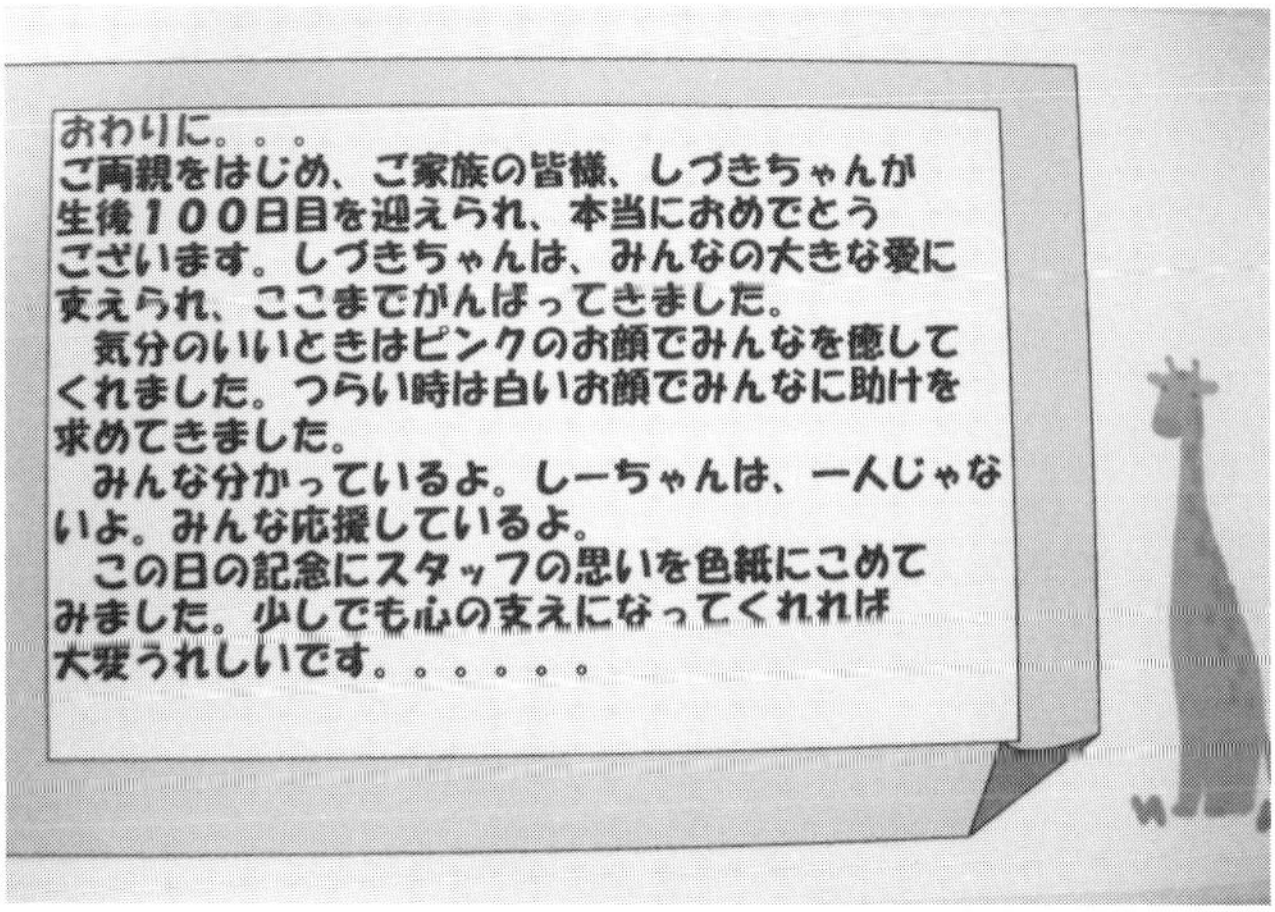
おわりに。。。
ご両親をはじめ、ご家族の皆様、しづきちゃんが
生後100日目を迎えられ、本当におめでとう
ございます。しづきちゃんは、みんなの大きな愛に
支えられ、ここまでがんばってきました。
気分のいいときはピンクのお顔でみんなを癒して
くれました。つらい時は白いお顔でみんなに助けを
求めてきました。
みんな分かっているよ。しーちゃんは、一人じゃな
いよ。みんな応援しているよ。
この日の記念にスタッフの思いを色紙にこめて
みました。少しでも心の支えになってくれれば
大変うれしいです。。。。。。

幸せ者です。姿月も私たち家族も。特別な日となりました

ね。ありがとう。夜の面会が終わって久々に夫婦で食事に行きました。そこで、我が子「姿月」の百日を祝いました。とっても、心に残った日でした。

親バカ日本一

8月17日（火）

今日は朝から昼の面会まで姿月の写真をずっと見ていました。日に日に顔も変わり可愛い姿月。たまらなく可愛い。大阪の友達にはかなりの親バカだと言われました。その言葉も嬉しかったです。なんだか、みんなと対等というか……ん～嬉しい言葉です。

姿月、寂しかったんだね

8月18日（水）
久々の雨
体重測定お休み

病院から電話が入りました。六月十六日以来抱っこはお預けになっていたのですが、もし姿月の容態が良ければ、水曜日なら和田先生も手伝ってくださることができるので……と聞いていたから、その連絡だと思いました。しかし、予想は外れました。姿月が悪いので今すぐに来てください、と言うものでした。

そして、また不思議なことがありました。私に電話をしたとたんに容態が落ち着いてきたそうです。それまでは血圧も脈も酸素飽和度もどんどん下がり、怖かったという状態だったようです。しかし、私がベビーセンターに着いたときには看護師さんたちが、

「お母さんに泊まっていてもらわないと駄目だね」

と言って笑ってくれました。姿月は寂しかったのです。確かに気管が硬くなってい

たり、痙攣が起きたりということはあったとしても、確実に回復してくれるのです。本当に不思議です。なんて循環器の強い子だ！　とも小児科の先生に言っていただいていたみたいです。脳に酸素が行かなかっただけで……あとはどこも悪くない。一生懸命に先生や看護師さんにしていただき、私たち夫婦のパワーで助かりました。いくつの山を越えるの？　まだ山があるのかな？

がんばれがんばれ、姿月と私

8月19日（木）

気持ちがすごく沈んでいます。夫と二人してどんよりと暗い時間を朝から過ごしていました。どうすることもできません。しかし、ベビーセンターに面会に行くと気持ちが晴れるのです。不思議なくらい笑顔になれるのです。残乳は多少あるものの一日三〇ミリリットルを八回注入できています。姿月がこんなにがんばっているんだから、私もがんばらないとね。

生きたいんだね

8月20日（金）

体重測定お休み

最近姿月の顔を見ると感じることがあります。それは姿月が、

「お母さん、私生きたいの。ずっと、一緒に生きていたい。少しでも長くここにいたいの。がんばるんだ」

と言っているのを強く感じるのです。今まで考えもしなかったし、感じもしなかったことです。私は、できる限りの時間を姿月と過ごしたい！　とまた強く感じるようになりました。そして、私はこの気持ちを看護師さんに聞いてもらいました。私と同じでそう感じていた！　と言われたのは姿月が搬送されてきたときからの担当の田島看護師さんでした。

そして、別の看護師さんからこんな言葉も言ってもらいました。

「しぃちゃんは、今はお母さんたちの愛情をたっぷりもらってとっても幸せだし、でも天国に行くことをしぃちゃんが選んだときには、たくさんのお友達と出会い、管も何もない自由な状態だから、楽しく遊び回れる世界へ行くんだろうね。きっと、そういう世界があるんだと思うし、天国で遊んでいてもお母さんとはずっと一緒だから。そう思うのも一つだと思うよ、お母さん！」

という言葉でした。

久々に左手で握手

8月21日（土）

今日Aルート（血圧を測るため血管に通すカテーテル）が抜けました。どのくらいがんばったのかなぁ。久々に左手を触りました。握手できました。気持ち良かったです。いっぱい綺麗に拭いてあげました。気持ち良さそうでした。母乳は調子良く三〇ミリリットルを八回注入できています。しかし、厳しい呼吸器設定で一日一日がどれほど大変かは、痛いくらい理解しています。姿月がんばれ、明日は左手お湯につけてちゃぽちゃぽしようね。

8月22日（日）

私と同じ爪、指、いとしい手

昨日の夜の面会が終わってからも姿月はお利口さんだったと聞いて嬉しくなりました。がんばっている姿月……。今日は血も止まったことだし、左手をお湯につけて洗ってあげました。保育器の中にオムツを敷きナイロン袋に温かいお湯を入れ、その中に姿月の可愛い左手を入れます。とっても大変です。でも、気持ち良さそうにしている姿月を見て私は楽しくなってきました。石鹸をつけゴシゴシしました。気持ち良く垢が出てきました。そして、ナイロン袋のお湯を温かいのに替えてもらい綺麗に洗い流すのです。小さい手がほんのり赤くなり、お風呂に入ったような手になりました。姿月の手は私にそっくりなのです。爪の形までそっくりなのです。本当に愛らしい手をしているのです。

母乳はしっかり三〇ミリリットルが八回入ってます。

気持ち良さそうに寝てるね

8月23日（月）
3280グラム

今日、里帰りをしていた神奈川の友達が私と姿月に会いに来てくれました。くまのプーさんとピンク色の可愛いクマさんを持ってきてくれました。たくさん話しました。姿月を見て涙ぐんでいました。

「どこが悪いの？　本当にただ寝ているようにしか見えない」

と言ってました。面会に来た人は必ずそう言います。動いた姿月にも会えました。

びっくりしていました。姿月はサービスしたようです。うふふ。でも、不安定な状態で一日一日が山なんだ、という話もしました。自分に言い聞かせていました。安心してはいけない！　と。姿月の保育器は、姿月のお部屋のようになりました。とてもにぎやかです。ぬいぐるみも置かせていただきありがとうございます。

保育器の前での楽しい会話

8月24日（火）

和田先生と私たち夫婦で楽しい話をしました。姿月の保育器の前で。姿月もず〜っと楽しく気分良くなったのか、話している間中安定していました。その話の中に姿月の将来の話もありました。そんな話をしていることがとっても幸せでした。オリンピックの話からスポーツの話、とっても気分のいい時間でした。

おしっこの出がイマイチでしたが、今日の朝くらいからがんばって出ているので

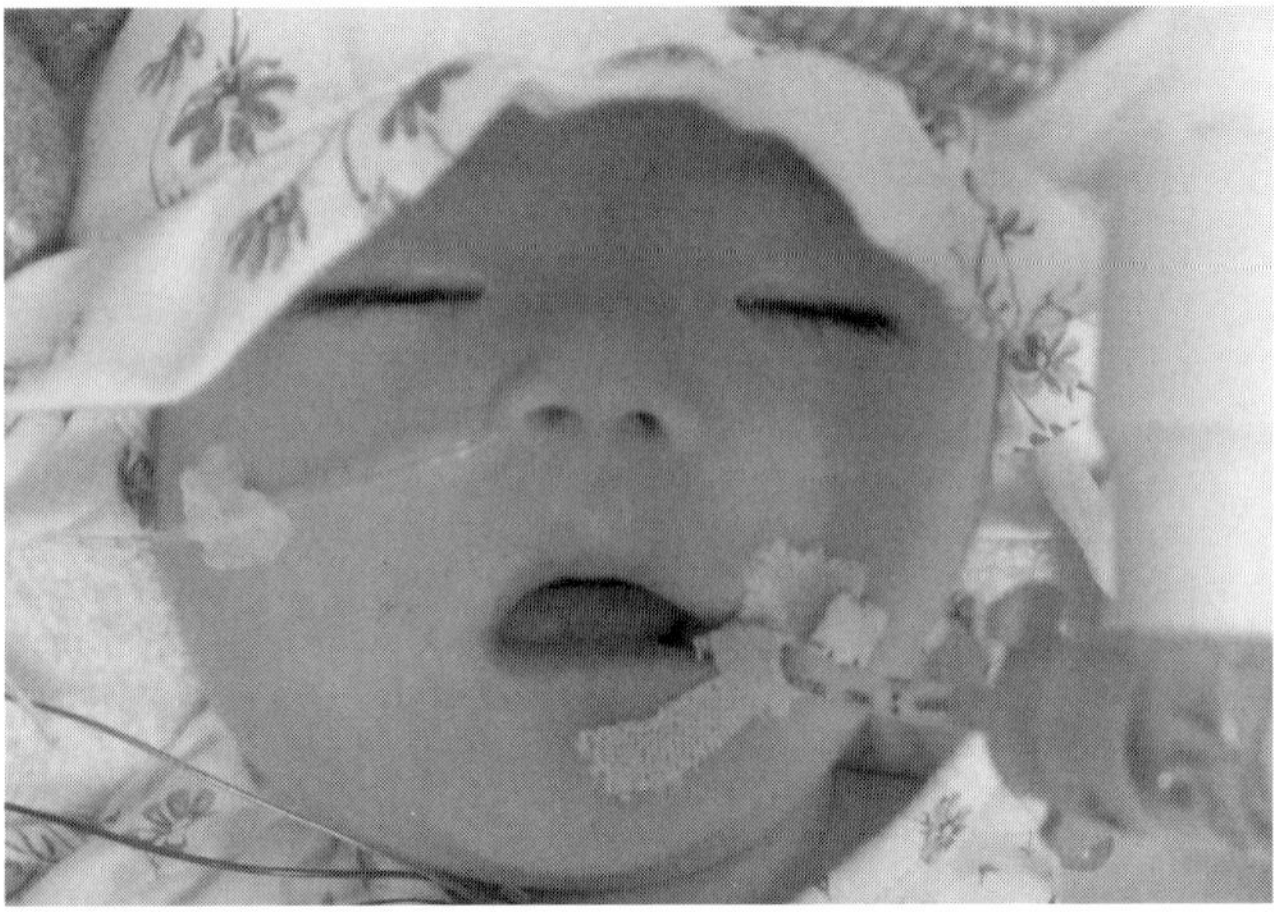

気持ちよく寝ているこの顔。たくさんの人を癒しました

す。和田先生と話をした中で不思議な話がありました。七月くらいにアルブミンを一週間おきに使わないとおしっこが出ないときがあったのです。それがここしばらくお母さんの母乳の量を増やしてからというもの、まったく使わなくてもおしっこがちゃんと出るようになったというのです。栄養分も私の母乳からで、低タンパクにもならずに、ちゃんとしっかりできているのです。嬉しい限りで、姿月の力は計り知れないものがあるのです。素晴らしいの一言です。すごい。

姿月の呼吸器の設定が四〇回から六〇回に、圧が二五から二九に変更になりました。ギリギリの設定です。どういうことかは十分にわかっています。しかし、奇跡を信じ姿月を応援することに決めました。奇跡よ起きろ起きろ!!

一分間に六〇回かぁ

8月25日（水）
体重測定お休み

面会に行く前に元職場の先輩に会いました。姿月に聞かせるためのCDを作ってくれたのです。可愛い曲がたくさん入ってました。さっそくベビーセンターで流してもらいました。心温まる、嬉しいプレゼントでした。良かったね、姿月。

今日は頭を洗いました。久々だったので姿月も気持ち良かったと思います。なんだか……今日はものすごく疲れました。本当に疲れました。心が疲れていました。姿月の傍にいるだけで、あまり声をかけてあげられませんでした。ごめんね姿月。姿月は一生懸命にがんばっているのにね。お母さん駄目だね。家に帰って呼吸器設定の六〇回を自分で時間を計りやってみました。涙が出ました。一分間に六〇回息をする……本当に辛いです。涙が止まることはありませんでした。ずっと姿月の顔見ていたいよ。

辛いんだね、わかるよ、お母さんは

8月26日（木）

ギリギリの呼吸器設定の中、久々に酸素飽和度一〇〇パーセントという数字を見ることができました。やはり一〇〇パーセントだと姿月は楽そうです。でも、胸の動きがハッハッハッとなっていて、見ているだけで辛いです。姿月、辛くないか？　偉いな、本当に偉い。今日はピンクのお洋服でポケットがあったから左手を突っ込んでみました。看護師さんたちにもうけがよく、

「もうお母さん、しぃちゃん可愛いよ～、生意気な感じがして可愛い」

と言っていただきました。笑顔の絶えない面会の時間でした。楽しい時間を姿月ありがとう。

お母さん、ずっといるからね

8月27日（金）
体重測定お休み

「お母さんが来るとしぃちゃん嬉しくて良くなるんだよね」

和田先生と看護師さんの口癖になりました。私たち夫婦がずっと一緒にいられたら姿月は確実に元気になれるのでは？　と真剣に話してくれました。姿月の保育器の横にお母さんたちが休めるスペースをとって……最後にはみんなで笑っていました。でも、本当に私が、

「しづき～、お母さんよ～」

と話すといっぱい動き返事をしてくれるのです。そして、モニターの数字も安定す

るのです。可愛くて仕方ありません。今日も母乳は三〇ミリリットルを八回注入できています。今日で姿月が生まれて、百十一日です。

どうして、傍にいるよ。お母さん、ここにいるよ……

8月28日（土）
〜29日（日）
3302グラム

姿月の様子が……いつもと違う……。お昼の面会のときにそう思いました。厳しい状態であることは理解していました。それにしても……いつもと違う……。私はお昼の面会後、自分自身どうしていいか、わからなくて、おかしくなっていました。姉の家を訪ねて時間を潰しました。

夜の面会の時間になり、一分も遅れずに姿月に会えました。状態はお昼の面会のときと変わらずにがんばっていました。そのときの酸素飽和度は六〇パーセント〜四〇パーセント台でどうにか保っているという状態でした。呼吸数は一分間に六〇回でしたが、今日七〇回にまで設定が上がりました。私は、自分で呼吸してみました。辛くて辛くて涙が出ました……。姿月は全速力でずっと走り続けているのです。ハッハッハッ……。走れ走れ！　って言われているのです。私は何もできない、姿月に何もできない……唇を綺麗にしたり目やにをとってあげたりと、それくらいしかできないのです。

今日は、目に見えて姿月の辛さが伝わってきました。そして、夜の面会の終わりの時間が来ました。しかし、姿月は私に初めて、

「お母さん明日ね」

とは言わずに、

「姿月、辛いから帰らないで！　お母さん」

と言ってきたのです。私は声にならない声で上を向き、夜勤の高橋係長さんに、

「お願いです……時間延長してもいいですか？　傍にいたいので」

と伝えました。

「気が済むまでいてあげていいよ！　しぃちゃん嬉しいね。お母さん、ずっといてくれるって！」

と答えていただきました。そのときの姿月は落ち着いていました。その反面私の心の中は、不安と怖さと祈りと悔しさとで、ぐちゃぐちゃでした。来るときが来てしまうのか！　嫌だっ。私は姿月に歌を歌い、話をし、体をいっぱい触り、冷たい顔や足を温めました。姿月との時間を貴重に大切に過ごしました。

そして、夜の九時半頃になり姿月が疲れてきました。先生や看護師さんたちも慌ただしくなりました。保育器の前で祈りました。それからどのくらい時間が経ったでしょうか、家族に連絡を入れる事態になりました。係長さんが私の肩を抱いてくれました。何回「姿月」と呼んだか覚えていません。私たちの思いが通じたのでしょう。状態が安定するところまでは行かないのですが、持ち直したのです。先生も感心していました。姿月は私たちに時間をくれたのです。そう感じました。私たち夫婦以外の家族には一旦帰宅してもらい、何かあればすぐに連絡を入れるというようにしました。

初めて親子三人で面会時間を気にせずに一緒に過ごせました。し〜んと静まる病院の深夜、朝日で明るくなってくる夜明け、辛い姿月の傍にずっといてやれたことに私は嬉しさがいっぱいでした。

「お父さんもお母さんも少し休んでよ。しぃちゃんもそう思っていると思うし、ねっ」

と何度も看護師さんに気遣っていただきました。

看護師さんの勤務も交替の時間になり、初めて一晩姿月と迎えたときにお世話をしていただいた看護師さんが、

「しぃちゃん、また明日ね」

と姿月の顔を触り、私たちを励ましていってくれました。また明日、という言葉は私の心に残りました。笑顔になれました。そして、私は和田先生に話をしました。

「先生、姿月は今大好きなみんなといるから、大丈夫ですよ。本当に甘えん坊で、ほらっ、先生や看護師さんと私たち夫婦が話しているとデータいいでしょ。私にはわかるんです。きっと、田島さんが今日夜勤だって私と話しているの聞いていたから知ってるんです。田島さんが夜勤で何時に『しづきっ。今日はどうや。いいか?』と来てくれるかというのを。だから、大丈夫ですよ」

と笑って話しました。しかし、頭のどこかで夜までは難しい、厳しいとわかっている自分に暗示をかけるような思いで喋り続けていました。考えたくない！　姿月がい

なくなるということを、考えたくない、そういう気持ちでパニックでした。

お昼になり姿月の容態がどんどん悪くなっていきました。見る見るうちに顔色が白くなり、血管が見えるくらいまで、顔色は白くなりました。

看護師さんが、

「お母さん、しぃちゃんに何かしたいこととかあったらなんでも言って！」

と言ってきてくれました。姿月の寿命が残りわずかなことを受け留めないといけないところまで来てしまいました。私はお願いしました。

「姿月の好きなディズニーの曲をかけてください」

そして、驚くことにディズニーの曲が流れると姿月のデータが一瞬ではありますが良くなりました。

そして、私は和田先生から、

「お母さん、しぃちゃん抱っこしてあげようか」

と言われました。私には、その言葉の意味がわかりました。

「はい、お願いします」

と答えました。私たち夫婦は用意してもらったソファに腰かけ姿月を待ちました。

六月十六日以来の抱っこができました。何も言えません。姿月は重くなっていました。姿月の顔は私の涙ですごいことになっていました。姿月に、

「ありがとう。ごめんね。……」

何度も何度も繰り返し叫びました。モニターなど気にならなかったのですが、目にしてしまったとき……私の体が震えだしました。泣き叫びました。そのときのデータは、脈拍が二〇でした。それからすぐに和田先生の酸素を送るアンビューの手が止まりました。

姿月は私たちの手の中で力尽きました。

八月二十九日（日）午後二時十三分　姿月は天国へ旅立ちました。

綺麗な体に……。家族三人の時間

夫と強く手を握り泣きました。

初めてお風呂に入れてあげ、綺麗に体を洗ってあげました。本当に気持ち良さそう

今までがんばってくれてありがとう。やっと思いきり抱ける……このままでいたい

で自然に笑顔にもなりました。そして、姿月に一番似合うウサギさんの服とピンクの帽子をかぶせてあげました。私の希望で一緒にお世話してがんばっていただいた皆さんとの最後の写真をベビーセンターの中で撮らせていただきました。私はたくさんの思いを、精一杯皆さんへ伝えました。そして、夫も感謝の気持ちを伝え頭を下げました。

姿月の大好きだった和田先生やたくさんの大好きな看護師さんに見送られ退院となりました。夫の運転する私の車で私が姿月をしっかりと抱き私たちの家に向かいました。夫は涙をこらえながら、

「しぃ、やっと家に帰れるなぁ。良かった

なぁ」

と言いました。私も、

「しぃ、偉かったね。ずっとこれから一緒だよ」

と言いました。そのときの私たち夫婦の思いは一緒でした。姿月をどこかへ連れていってあげよう！　家族三人で過ごしたい、という思いでした。一旦家に帰り、お葬式などの手配をしてくれていた義兄たちにドライブに言ってくることを伝えました。

「行ってこい、姿月も喜ぶぞ！」

と言ってもらいました。私たちは、姿月の死亡診断書を手元に置き……山や川の見える広場や初めて私たちがデートした海へドライブしました。海に着いたときには夕日が優しく私たちを包んでくれました。本当に綺麗でした。

親子水入らず、この日が一生続いてほしい

八月三十日は天国にいる夫のお父さんの仏壇に手を合わせ、

「姿月をお願いします。いろんなところへ連れていってやってください」

とお願いしました。その後何か動物を見せてやりたくて車を走らせました。行ったところは休園日でした。しかし、ちらっと見えました。馬かロバか……。姿月は、天国のお友達にちゃんと動物の話もできる、夫婦で安心しました。

そして、嬉しい話をひいばあちゃんから聞きました。それは、私の一言を聞いて始まったのです。それは、

「姿月、鼻血がたくさん出たの」

という言葉でした。私は、ドライアイスで姿月の体を冷やしたりはしていたのですが、動かしすぎちゃったなぁ、と思っていました。川の字で寝たその朝に、鼻血が出たのです。しかし、優しい声で、

「鼻血が出たのはよっぽど嬉しかったんだよ。昔から、亡くなった人は喜びをどうやっても伝えられないから伝える手段として鼻血を出すことがあるんだよ。しぃちゃん、お父さんとお母さんと本当に楽しかったんだね。嬉しかったんだね。ありがとうって言ってるんだよ。喜んでいる証拠だよ」

と言ってくれました。私は、涙が出た。嬉しかった。姿月は喜んでくれました。そ

う思った。ひいばあちゃんの言葉で私は救われた思いでした。

八月三十一日。通夜の朝、夫婦で姿月の体を綺麗に拭いてあげました。素敵なレースのドレスに着替えさせました。みんな声を合わせて「可愛い」と言ってくれました。私たちの車で斎場に連れていきました。とても綺麗なところでした。私の希望でお花はたくさん、なるべくピンク色を入れてほしいと頼んでいました。そのとおりに花がたくさんあって、カサブランカのいいにおいもしました。ロビーには机を用意してもらい、私が毎日撮った姿月の写真、ベビーセンターで生後一カ月のときなどにお祝いしていただいたケーキや生後百日記念の寄せ書きを飾ることにしました。姿月がこれだけ愛されていた、がんばったという証を見てほしかったからです。姿月は私の自慢だから見てほしかった。そして、通夜が始まりました。皆の涙で、私は涙が止まらなくなっていました。

そんな中、出産した病院の医師、助産師の顔が見えた。私は自分の気持ちを抑えるのに必死でした。姿月の前で母親の恥ずかしい姿を見せてはいけない、姿月が見ている……私は、手のひらに爪の跡が残るくらい力が入っていました。悔しい……。

参列していただいた方のほとんどが悲しい顔をしていました。しかし、ベビーセンターの看護師さんは笑顔でした。私は、精一杯伝えました。

「ありがとうございました」

と。そして、皆さんで、

「お母さんしっかりね。泣いてるとしぃちゃんも悲しむよ」

と声をかけていただきました。姿月も嬉しかったに違いありません。無事に通夜は終わりました。

その夜は、忙しかった。姿月の棺の中に一緒に入れてやりたいものがたくさんあったからです。

「厳選してください」

と係の人から言われ悩みました。たくさんの写真と洋服、私の母乳と、一緒にいたぬいぐるみを入れました。写真はたくさんアルバムの中に入れてあったので、姪に写真をはがす作業をしてもらいました。姿月がお腹にいたときの写真や生まれてからの写真、たくさん一緒に入れました。寂しくないように、ちゃんと友達ができたら説明できるように、細かい説明もつけてあげました。

私の自分の写真には、

「しぃ、お母さんね、京都が大好きなの。よくお母さんの親友とデートしているんだよ。この写真も京都で撮ったの。しぃにお友達ができて『しぃちゃんのお母さんは？』と聞かれたらこの写真見せてね。お母さんは、いつも挨拶をしっかりすることを心がけているの。だから、しぃもお友達には『はじめまして、私は姿月です。どうぞ仲良くしてください』と笑顔で挨拶するんだよ。そうしたらすぐに仲良くなれるからね。きっとたくさんのお友達ができるからね。そうやってお母さんもお友達がたくさんできたからね。何も教えてあげられなかったけど、心を込めての挨拶はちゃんとするんだよ。しぃはお母さんよりも偉いから、そんなことわかっているか。お母さんの子だもんね。愛をいっぱい込めて　母より」

というメッセージをつけました。

新婚旅行での夫の写真には、

「この写真はお父さんとお母さんが新婚旅行に行ったときのものだよ。お母さんはこのお父さんの写真かっこよくて大好きなの。姿月のお父さんはね、すごく人に気を遣うとっても優しい心を持っている人なんだよ。だから、お友達も多いし、お父さんのこと悪く言う人はいないの。そういうお父さんをお母さんは好きになったの。とってても優しい大きなお父さんだからお母さんのことは心配しなくてもいいよ。お母さん、泣くだけ泣くけど大丈夫だからね。お父さんがついているから。姿月、見ていてね。ずっとずっと、笑って見ていてね。お父さんとお母さんの子として生まれてくれて、お父さんとお母さんを選んでくれてありがとう。本当にありがとう。心から愛してるよ、姿月」

というメッセージをつけました。

九月一日。お葬式の日がやってきました。この日が怖かった。

最後の別れを……。離れられなかった。離れたくなかった。離れたくなかった。このままでもいい、ずっとこのままでもいい。このままで姿月の姿を見ていたかった。泣き叫ぶ声も枯れた。ずっと触っていたい。ずっと……。ずっと……。

姿月は安らかに天国へ逝きました。

感謝の気持ち

姿月のお陰で出会うことができた、和田先生を始め小児科の先生方、担当看護師の田島さん、高橋係長さん、ベビーセンターの看護師の皆さん、産科病棟の看護師さん、本当にありがとうございました。

いつも姿月を自分の子供のように思って可愛がって愛していただき、姿月は幸せでした。百十三日ベビーセンターに通い、私も幸せでした。その優しい笑顔にあふれている中で約四カ月過ごさせてもらいました。その中で、皆さんの家族の話、ペットの話やアテネオリンピックの話、ヨン様の話までたくさんの話を楽しくさせていただき、私が笑顔で過ごせる唯一の時間でした。ときには涙を流して、私の出産の経過の話や母としての悲しみでいっぱいの気持ちを一緒に分かち合って、心を癒してくれました。すぐに泣いてしまう私に、マスクの替えやティッシュを持ってきてくれたり、本当にお世話になりました。私は姿月の様子や日々の思いを日記につけるだけでなく、ベビーセンターの皆さんのその日の言葉や特徴などもつけました。初めは名前と顔が一致しないと姿月のことを言うにも聞くにも困ると思い、覚えるためにも日記につけてました。姿月と過ごした一日一日と、ベビーセンターで楽しく過ごせた一日一日が、私の宝物となりました。

最後の姿月のケア計画表には、

「お父さん、お母さん、しぃちゃんを産んでくれて本当にありがとう。しぃちゃんは、私たちにいっぱい勇気と希望を与えてくれました」

と田島さんの字で書いてくれてました。

貴重な百十三日を皆さんと過ごせて本当に心から感謝をしています。姿月もお空の上からお礼を言っていることでしょう。ありがとうございました。

姿月へ

棺の中に入れた姿月にあてた手紙

姿月、長いこと辛かったろう。本当に辛いのを何も言わず、ぐっとこらえてよくがんばったな。父さんと母さんの子や。強い子や。保育器の中で運動したり楽しかったな。向こうでは、おじいちゃんにしっかり手をつないでもらって、いろんなところ連れてってもらえ。姿月は一人じゃないぞ。いつも父さんと母さんの心の中にいるぞ。いろんなこと教えてくれて姿月ありがとう。父さんと母さんとこれからも力合わせて、がんばります。ずっと、見守ってくれな。

父より

五月八日(土)、雨の日にお母さんは姿月に初めて会いました。姿月、ごめんね。辛かったね。お母さん、ベビーセンターでたくさんお喋りしてたでしょ。そんなお母さんを笑っていたの知ってるよ。百十三日生きてくれた一日一日がお母さんの宝物だよ。姿月が天国で楽に楽しくできることを祈っているね。お母さんは寂しいけどがんばるから、がんばりやさんの姿月に負けないくらいがんばるから安心して見ててね。たまには会いに来てほしいな。お母さんからのお願いだよ。本当に楽しい時間をありがとうね。姿月ありがとね。またね。何十年かしてまた会える日までね。

母より

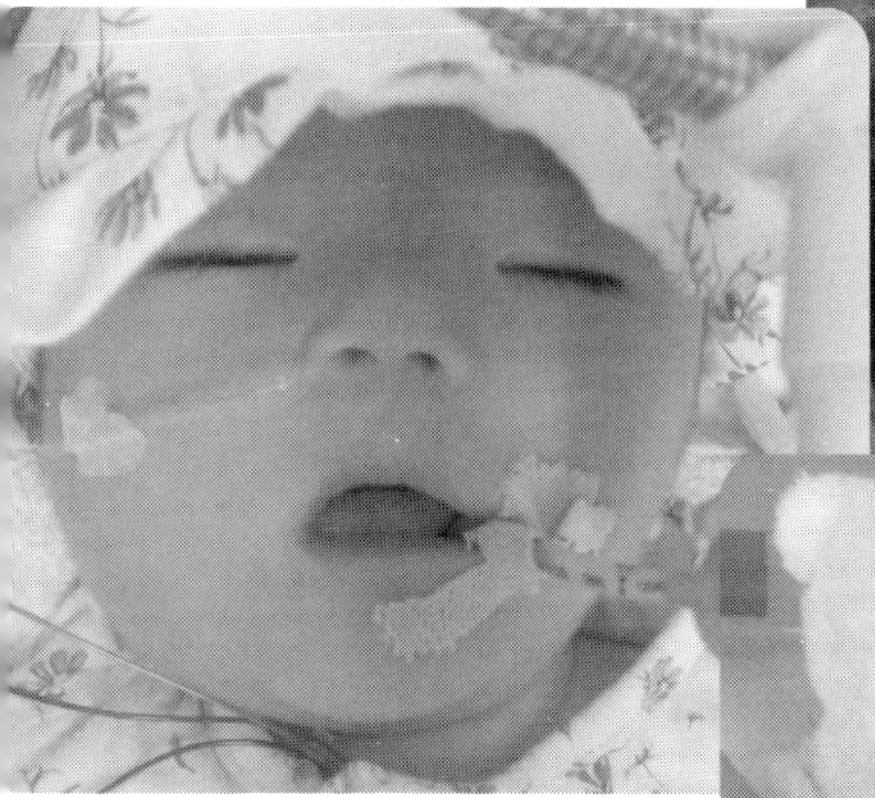

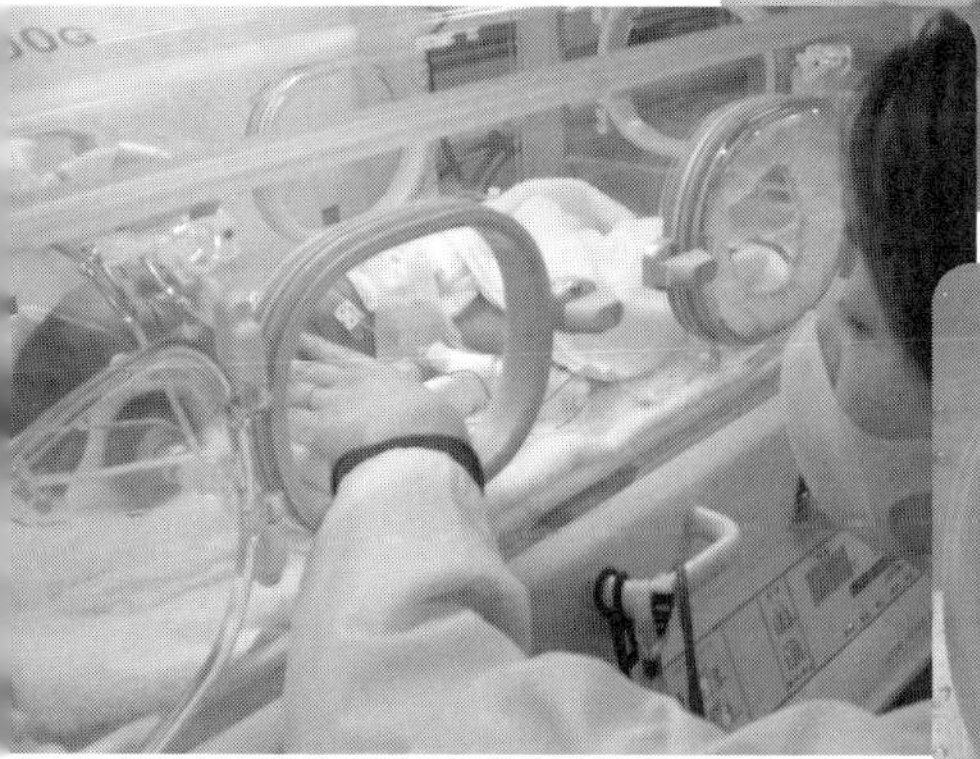
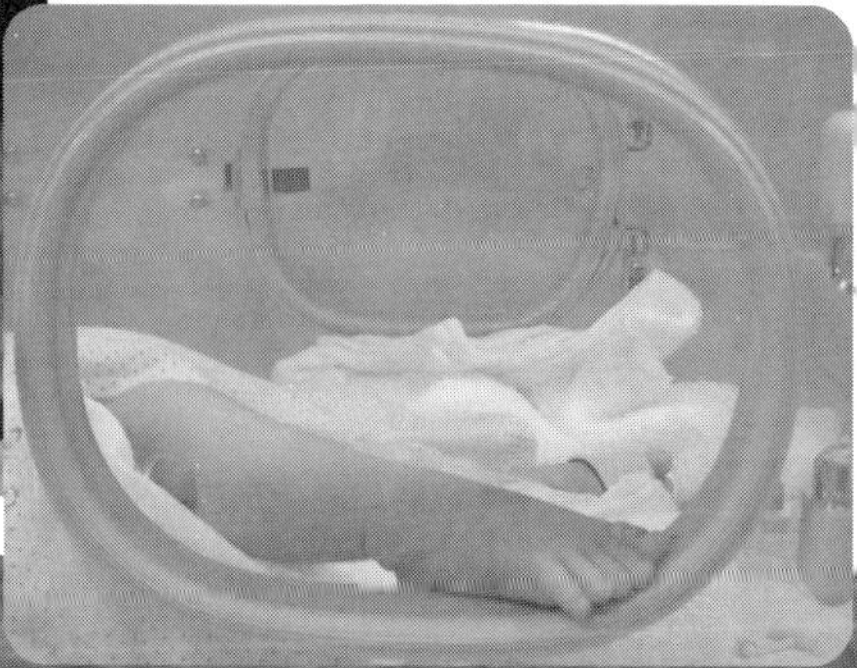
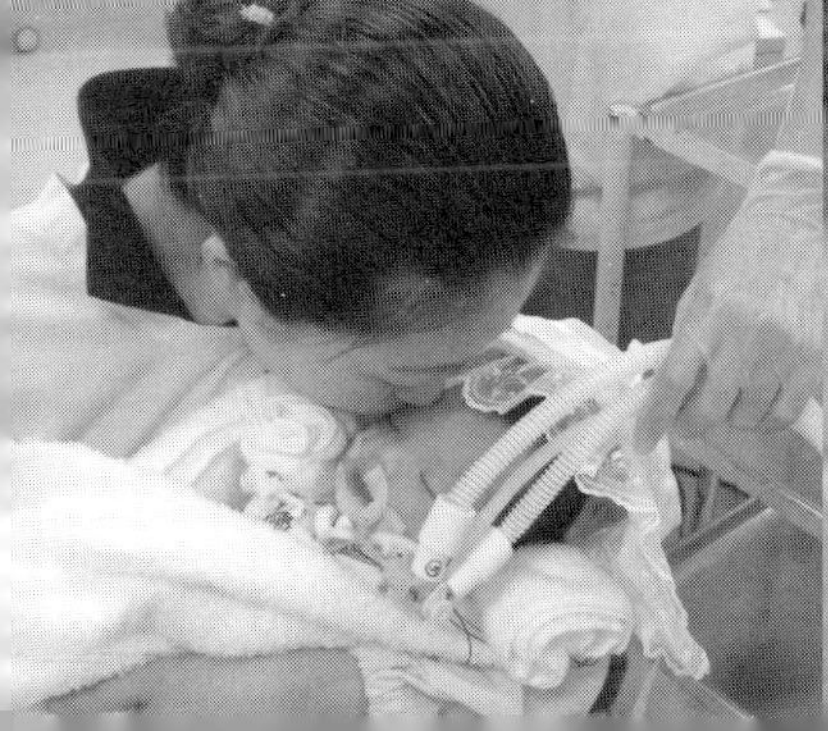

がんばって生きる私

いつかこの日が来てしまう、覚悟はしないと！　と毎日のように言い聞かせていました。姿月にがんばれ！　と言っている心の裏には、いつも覚悟の心がありました……。世間の風当たりの強いことから、いつもその盾になってくれていた私の両親。両親がいたから生活できました。そして、心の支えになってくれていた母に、夜の面会が終わった病院のロビーでお願いしたことがありました。

「お母さん、私どんなことでもがんばれるけど……姿月が天国に行っちゃうようなことがあったときは、駄目かもしれない……。おかしくなったら、病院連れていってね。一人にしないでね。どこか行っちゃうと思うから、お願い……」

と涙ながらに伝えたのです。

そして今、私は姿月のいない毎日を生きている。

私の気持ちは母でも父でも姉でもわからない。夫でも一〇〇パーセントはわからない。肉体的精神的にどん底まで追いやられた心……。誰がわかるでしょうか？　自棄《やけ》になるしかなかったのです。ちょっとした外出も苦になりました。家から、部屋から出る元気すらありませんでした。

葬儀が終わった夜に、夫と喧嘩になりました。生きていく意味までもがわからなくなっていたのです……。

そんなとき、田島看護師さんからお手紙が届きました。たくさんの内容で涙が止まらなくなりました。

五月八日、私としぃちゃんは、壮絶な出会いをしました。壮絶な処置の甲斐あり、しぃちゃんの心臓は動き続けました。何日この子を見ていられるだろうか？　何日このお母さんの笑顔が見られるだろうか？　毎日毎口、そんなことを考え、いくつもの山を一緒に乗り越え百十三日過ぎました。しぃちゃん、百十三日走り続けてお疲れ様。金メダルあげるよ……。「こんにちは。面会お願いします」十四時十三分頃になると思い出します。元気なお母さんの声を……。

私の心は久々に笑顔になれました。姿月には、私という生みの親と田島看護師さんを始め優しく育ててくれた育ての親がたくさんいることに、誇らしい気持ちにさえなりました。そして、私はお世話になったA病院の方々へのお手紙を書くことにしました。けれども、手紙を書くのには時間がかかりました。……とても辛かったのです。姿月のことを思うと自然に、母親である私の体は、母乳があふれてくる……。痛い……。今まで一生懸命に搾乳していた母乳……。体に「もういいよ」と言っても伝わらないのです。

やっとの思いで、毎朝、凍らせてあった母乳パックを溶かし姿月に供えています。

手紙を書き終え、病院に郵送しました。本当は自分の手で持っていきたかった。けれども、ベビーセンターに行くのは怖かった……。行きたい気持ちと同じくらい、怖い気持ちがありました。

それからしばらくして、和田先生からお手紙をいただきました。胸が詰まる思いで読みました。

ご夫婦のしっかりした明るい姿勢にどれだけ助けられたことかしれません。

最後の数週間も姿月ちゃんの状態が悪い中、いろいろ別な話しましたね。

こんなふうに、真剣なとき以外でも必要以上に暗くならずにできたのは初めてでした。本当にありがとうございました。

という嬉しい言葉をいただきました。心から感謝し、夫婦で励まされました。嬉しかった……。

姿月と離れてからは、写真見て泣いて……という日々が続いていました。ただ、思うことは、

「しぃ、お母さんの夢に出てきてよ。お願い」

という毎日……。そして、一カ月を過ぎたくらいに、心配してくれていた元同僚や先輩から、どう声かけていいかわからなかった……と連絡が来ました。私のことを心配してくれているということに、素直に涙が出ました。

悔しさが何倍にもなった気持ちを整理して、出産した病院との話し合いに行きました。病院のトップの人たちや弁護士の先生たちの前で、自分の気持ちをしっかり話しました。我が子を亡くした心の内を話しました。そのときの私は、強かった。何も怖

いものなんてなかったから。我が子を亡くす以上に辛いこと怖いことなんてないからです。自分の死まで怖くなくなりました。もう一つ強くなった気がした……。

そんなとき、私が退院する際にエレベーターまで送ってきてくださった看護師さんからお手紙が届いたのです。綺麗な字で六枚にわたり書き綴られていました。

真っ白な、きれいな肌の姿月ちゃんが、一生懸命に私たちにいろいろなことを教えてくれていたのだとつくづく思い出されます。たくさんの思い出とたくさんの心の強さ、愛情の深さ、許されないほどの思いを、許せるほどの度量……どれも今までそんなに多くの方から見せていただいた覚えはありません。姿月ちゃんが一番そのことを安心して喜んでくれているのではないかと感じます。自慢のパパとママであることは確かです。

と書いてありました。姿月がくれた人との出会い、一生大切にしていきたい。

綺麗な夕日が、姿月を照らしてくれました

私は、今家業を手伝っている。がんばっている。きっと姿月も応援してくれているはずだ。まだまだ、泣いてばかりの日もあるけれど……今は姿月も「お母さんは泣き虫だなぁ」くらいに思ってくれていそうなので、我慢はしないで泣きたいだけ泣くようにしたよ。

現実的に出産とか、恐ろしいことでかなり不安定になってしまうかもしれないけど……。姿月お姉ちゃんは、まつげが長くて、色も白くて、何よりものすごくがんばりやさんで、人を癒せるすごいお姉ちゃんだったんだよ、と言いたいと思うようになった。皆にたくさん姿月の自慢したいよ。

姿月、たくさんの「ありがとう」を言うね。
姿月は、お母さんの大事な大事な「一生の宝《ちょんぺのこ》」だからね。

著者プロフィール

蓮月 嬰女（れんげつ えいじょ）

福井県出身。
現在30歳。
短大卒業後、9年間病院受付、医療事務を経験。
現在は料理旅館の若女将として奮闘中。

お母さんと姿月

新生児重症仮死 それでも我が子は百十三日生き抜いた

2005年8月15日　初版第1刷発行
2006年5月31日　初版第2刷発行
著　者　蓮月 嬰女
発行者　瓜谷 綱延
発行所　株式会社文芸社
〒160-0022 東京都新宿区新宿1－10－1
電話 03-5369-3060（編集）
03-5369-2299（販売）

印刷所　株式会社エーヴィスシステムズ

ISBN4-286-00080-X